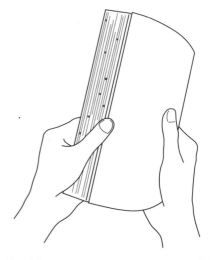

在這不完美的世界，找一個可能，多一個答案。

昨天喝了河豚湯

位作家

種面對
殘酷世界的
回應

米哈 著

當我們面對

世界的殘酷

這是一本有關作者如何面對殘酷世界的書。

世界的殘酷，有很多，包括天災人禍、生離死別，又有來自別人的誤解、對未來的絕望，等等等等。作為一名作者，我經常在想：文字，可以怎樣幫助我們面對這些實實在在的世間壞事呢？

於是，我決定求教於我喜歡的作者們。

有人以為，作者是一種特別的生物，有著不一樣的人生。然而，當我回顧他們的個人往事與作品，我明白：書中提及的作者，跟尋常人一樣，遭遇過各種我們似曾相識的不安、掙扎、恐懼，而他們的不一樣，在於面對這些人生挑戰的方法。

有些方法可取，有些方法是一則警惕。到頭來，沒有人是完人，也沒有人必須是別人學習的對象，包括書中提及的作者，包括我，包括任何人。

當我們面對世界的殘酷，哪怕世界再殘酷，還有我們，一起面對。

本書以松尾芭蕉的俳句「昨天喝了河豚湯」為書名，旨在說明：哎呀，昨天喝了河豚湯，今天，我居然還未死。多幸運！未死，就是活著，就是我們繼續尋找方法前行的理由。

目錄

牛奶箱   CHAPTER 3

CHAPTER 1

罐底的鐵鏽

王爾德 /

疼痛不若歡愉，它不戴面具

我身邊有許多朋友都特別喜歡愛爾蘭傳奇作家王爾德（Oscar Wilde，1854-1900），尤其喜歡引用一句相傳來自他的金句：「做你自己，其他人都已經有人做了」，而觀乎王爾德的一生，他彷彿以一生的力氣，盡力「做自己」，盡力做到藏於內心深處的「自己」。

王爾德又說「若人不能成名，至少要惡名昭彰」，一語成讖，晚年的王爾德的確成了一名惡名昭彰的人物。在此，我們不禁會問：當人盡力做自己，甚至變得惡名昭彰，究竟是怎麼一回事，又是怎樣的一種體驗呢？

事實上，在王爾德尚未惡名昭彰之前，他最多只稱得上是一名標奇立異的「怪人」。王爾德的「怪」可見於他的

「形象」：浮誇的衣著、尖酸刻薄的嘴臉，不在話下；據說，在牛津大學的學生時期，他對於各式各樣的經典名著倒背如流，而宿舍房間放滿的卻只有青花瓷，盡見他既玩世不恭，又有異常豐盛的學識；又據說，他有一次過境美國，海關關員問他有什麼要報關，王爾德卻回了一句「我沒有什麼可以申報的，除了我的才華」，他的狂妄自大可想而知。

然而，王爾德的「最怪」大概是他的「用情」。

舉例，王爾德總是將妹妹的頭髮帶在身旁，好紀念這位早逝的「她」，又舉例，他以童話故事的方式，於《快樂王子》書寫情愛，好抒發自己對「他」的愛慕。作為衝擊時代的一員，王爾德越戰越勇，以自己的「怪」挑戰時代的虛偽與落後，讓人明白所謂「怪」，不過是「暫時不被社會理解」的別稱，直至有一天見怪不怪。

1895 年，王爾德的一部經典劇作正式公演，名為《不可兒戲》（*The Importance of Being Earnest*），又譯《真誠最緊要》。此劇，有多兒戲？又有多真誠呢？

簡單來說，故事涉及兩男兩女，男一與男二是稱兄道弟的好朋友，男二是女一的表哥，男一是女二的監護人，而男一愛上了女一，即男二的表妹，男二愛上了女二，即男一

的監護對象。這樣的關係圖夠複雜了嗎？未算！

因為各自的原因，男一與男二錯有錯著，都以「Earnest」作為假身份的名字，與兩個女主角交往，以致後來兩個女主角以為愛上了同一個負心男。故事尾聲，水落石出，但又峰迴路轉，原來，稱兄道弟的男一與男二，是失散多年的兄弟，是真兄弟，而結局，當然是有情人終成眷屬的大團圓。

驟眼看來，這是一場鬧劇，充滿荒謬與笑話，但就如王爾德本人所說「人應該永遠保持一點荒謬」，這故事讓我們明白，只有當我們還能保持一點荒謬，才有能力認真真而充滿活力地看待這世界的鬧劇。

在《不可兒戲》裡，幽默與鬧劇不斷，卻只是苦中作樂，控訴著維多利亞時期貴族的封建、人性的貪婪，以及人與人之間的失信。在劇中，有一句恍似勵志的經典台詞：「我們眼裡的苦澀艱難，通常是經過偽裝的祝福。」但，真的嗎？以荒謬面對殘酷世界，真的能持之以恆嗎？苦難，真的能成為我們的祝福嗎？

窮一生真誠追求「做自己」的王爾德，到了晚年，兒戲不再，胡鬧不再，終於迎來了苦難。因為「與其他男性發生有傷風化的行為」之罪，王爾德不但妻離子散，名譽掃

地，更身陷囹圄。

在晚年一共三萬多字的《深淵書簡》裡，王爾德於文字裡回顧半生，思考自己的苦難與痛楚的實在，並寫下：「疼痛不若歡愉，它不戴面具」。晚年的王爾德，無法迴避苦與痛的真實，現實的殘酷，有時，實在容不下兒戲。

所以，王爾德的故事教導我們不要真誠的做自己？非也！王爾德的遭遇只是提醒我們：不要做一個空想的理想主義者，不要以為做自己的過程必然會一帆風順，不要低估現實對你的迫害，不要以為「做自己」是沒有付出與承擔的一個口號。

王爾德，正是經歷苦難，做到自己，才成為傳奇。

順帶一提，有關文首說到的所謂王爾德名句「做你自己，其他人都已經有人做了」，近年的王爾德研究指出「查無實據」。傳奇，大概就是這樣煉成的。

卡波提 /

別人都覺得我多少有點古怪

你覺得自己與眾不同嗎？當你按著自己的想法去生活行事之際，有人說你太過我行我素，甚至說你怎麼這麼古怪嗎？如果有的話，或許你可以參考一下五十年代成名的美國作家卡波提（Truman Capote，1924-1984）的人生故事。

卡波提未必屬於那一種極受歡迎的一線作家，至少，我絕少聽到有人介紹自己心目中頭五位最喜歡的作家時會提到卡波提的名字。

然而，在我看來，卡波提留給了世人很多東西。卡波提留下了多本經典小說，最著名的有在 1958 年出版、於兩年後改編成由柯德莉·夏萍（Audrey Hepburn，1929-

1993）演出的電影《珠光寶氣》（*Breakfast at Tiffany's*）的同名原著中篇小說（儘管卡波提本人極不願意主角由柯德莉・夏萍出演，也對有社會性的故事被硬生生改成愛情故事略有微言），以及開創了二十世紀美國非虛構小說先河的《冷血》（*In Cold Blood*）。

無論是卡波提的作品，還是他的人生故事本身，一直成為後人改編成電影的材料。卡波提有著令人難以忘懷的個人形象，他長得矮小，帶著一道高音頻的聲調，十分配合他一生自傲而得體的「怪風」。

卡波提自言：「別人都覺得我多少有點古怪」，而客觀來說，他的待人接物，也確實有點怪，例如卡波提到長大後，還是眷戀兒時留下來的「口水巾」，又例如他永遠只會在黃色草稿紙上起稿，再例如他有一大堆「迷信」的事：卡波提從不會在星期五開始或完成任何一件事（當然包括創作），他還有一個怪癖，就是會把數字加起來，因此「有那麼幾個人，從來不給他們打電話，就因為他們的號碼加起來是一個不吉利的數字」，他不會入住有「13」這數字的酒店房間，他不會讓一個煙灰缸裡擱著三個煙頭，他還宣稱「不肯登上一架坐著兩個修女的飛機」，而我認為，最後這一項或者是他開的一個玩笑。

有一次，當卡波提講到自己的怪，便提到兒時的一件

事，而這件事也直接影響到他決心成為一位作家，他回憶說：「大概是我十二歲左右，校長給我們家打了個電話，告訴他們，在他看來，在學校全體員工看來，我這人『低能』。他認為，既理智又人道的做法，是把我送到某家有辦法對付壞小子的特殊學校去。」

校長對卡波提的評價，源於他在學校裡不願妥協、不願合作的行為，而當他的家人聽罷校長的評價後，「為了證明我並非低能，」卡波提說，「他們火速行動，把我送到東部某所大學的一家精神病研究診所，替我測了智商。整個過程讓我樂不可支。」

你能猜到，為什麼卡波提樂不可支嗎？因為測試結果讓卡波提「頂著天才的頭銜回了家，那可是被科學撐了腰的」，從此，卡波提得到了無限的自信，相信自己是天才，並「開始用一種令人生畏的熱情寫作」。

的確，卡波提的寫作天才，毋庸置疑。在破碎家庭中成長的卡波提，在入學前便透過自學，習成讀寫能力，他十一歲已寫小說投稿，到十五歲時，他的稿件便開始被廣泛接納。但，在這一份天才的成績單背後，卡波提所言那「令人生畏的熱情」才是我的焦點。

大家總是說到卡波提自學而學會讀寫，卻少有提到他五歲

時，便習慣隨時隨身帶備字典，大家總會說他的創作路少年得志，但卻甚少提到他投放於閱讀與寫作的努力，他「平均每周讀五本書左右，正常長度的小說約莫兩小時讀完」，而當卡波提回憶十二歲時「令人生畏」的寫作熱情時，他說：「我認真投入寫作的意思，就是跟其他小孩回家練習小提琴或鋼琴一般，我每天放學回家，就寫作三小時。我沉迷於寫作。」

卡波提的人生教導我們：你可以古怪，你可以自信，原則是你確定自己有恰當的天分，配上令人生畏的熱情與努力，並將之實踐成可以改變潮流的意志。

那麼，當我們成為如此的怪人時，我們還需要聽別人的批評嗎？

卡波提說：「如果是在出版之前，如果批評是出自那些你認為其判斷力可信的朋友，對，當然批評是有用的」，但「最重要的是，我相信你應該在抵擋各種意見的過程中變得更堅強」，而「我強烈主張：永遠不要自貶身份跟一個批評家鬥嘴，永遠不要。」

海明威 /

帶著炮兵上到生死場

世界的殘酷，大概可以分成兩類。第一類是慢性的，例如禮樂崩壞、全球暖化，另一類是急性的，例如龍捲風、地震、海嘯等天災，以及戰爭。

面對前一種殘酷，作家彷彿還有一種以文字介入世界的可能，哪怕文字不能像動畫裡的救世主一般拯救世界，至少可以提供多一種理解世界的方法或想像，但面對後者，當殘酷來得如此急速，這般猛烈，一名寫作人又何以務實來面對世界的崩壞呢？

在此，海明威（Ernest Hemingway，1899-1961）的人生是一種答案。作為二十世紀其中一位最重要的作家，以及諾貝爾獎得主，海明威一生經歷的，除了文字與愛情，還

有多場戰爭。

在 1899 年，海明威於美國芝加哥郊區的奧克帕克出生，十五歲左右的青少年期間，第一次世界大戰爆發；三十七歲壯年時，西班牙內戰爆發；四十歲時，第二次世界大戰爆發。當海明威的人生以多場大戰爭為背景，他面對世界的方法，就是嘗試以「親身參戰」去直視殘酷。

以第一次世界大戰為例，當戰爭於 1914 年爆發之際，海明威還未成年，而當美國於 1917 年正式參戰時，海明威還未夠二十歲。於是，海明威便以紅十字會自願人士的身份「自願從軍」，到前線當運載傷兵的救護車駕駛員。海明威到達戰場後的第一件工作，就是到一間剛被轟炸完的修道院救亡，而所謂的救亡，其實是收拾屍體，而所謂收拾，根據他的憶述，是去「撿拾」遍地四散的屍體殘骸。

戰爭的震撼，不單打到海明威的心上，還真的打到他的身上。大概兩個月後，海明威於運送補給品到前線途中，駕駛的車輛遭迫擊炮擊中，並隨即受到機關槍追擊。海明威腿部中彈，嚴重受傷，卻仍然救出了一名意大利傷兵，逃脫到安全地帶。因此，海明威後來得到了一枚銀製勇敢勳章，但也因為這次受傷，他被迫離開戰場。

戰場上的遭遇，以及離開戰場後的事，後來成為了海明威

罐底的鐵鑊

小說《戰地春夢》的根本。《戰地春夢》的故事大概可以分為上下兩部。上半部寫主角在戰場上的經歷，從在山路上駕駛救護車的崎嶇，到被炮火擊中，瀕死一刻，以致被送到醫院救治，遇上心儀的護士，並成為戀人。

《戰地春夢》的下半部，也是小說最精彩的部分，則講述主角又回到戰場，但這一次重回戰場，主角沒有了第一次到前線時的天真與理想，他不再以為自己是打不死的勇士，他不再敢於排除萬難。他，怕死了。他害怕戰爭奪走他的一切，包括生命，與愛。

於是，在故事的下半部，主角對戰爭的態度一百八十度轉變，不再勇往直前，而是節節敗退，從一地逃亡到另一地，背著死亡狂奔。最後，主角撿回了性命，重遇護士，並以再續未了緣為結局。

有說《戰地春夢》的上半部是半自傳體的紀實小說，寫海明威於戰場上的英勇表現，以致受傷後被送到米蘭醫院，並遇上他的初戀護士的真實故事，而下半部則是海明威虛構的自我安慰與補足，因為在現實裡，海明威再沒有返回一戰的前線，而是返回了美國，並在數個月後收到護士小姐的來信，說她已經與一名意大利軍官訂婚了。

我不會否定這樣的解讀，但對我來說，《戰地春夢》下半

部的重點，不在於虛構或自我安慰與否，而在於海明威對戰爭暴力的否定、對自我心態轉變的描述。在簡潔的文字之間，我們可以感受到一個狂妄自大的人，如何被對戰爭的恐懼徹底擊敗，而又在生活之中找回愛。

但，這就代表海明威敗給了戰爭的可怕嗎？請不要忘記：在之後的西班牙內戰，以及第二次世界大戰，海明威又再跑到前線去。在討論他的偶像托爾斯泰時，海明威曾說：「看看，這傢伙怎麼寫成《戰爭與和平》？他不是隨便寫的，關於戰爭，他是真的帶著炮兵上到生死場忍受過一切。」我想，這就是海明威給我們的啟示：直視殘酷，可以害怕，但不要逃避。

海明威的勇敢人生以自殺作結，有人說這是他最終敗給現實的結局，但對我來說，這樣的悲劇令人更能明白海明威是一個有血有肉的人，勇敢的人可以軟弱，但軟弱不代表敗折，就像海明威最後一部作品《老人與海》的老人，他最終只能拖回一副魚骨回來，但老人可是與大魚大戰了兩天兩夜。

亨利・米勒 /

我覺得一切答案都在我的星座裡

「我這輩子裡所有重要的事情都是這麼發生的 —— 純屬意外。」亨利・米勒（Henry Miller，1891-1980）說：「但我也不相信這世界上有那麼多意外。我相信，種瓜得瓜，種豆得豆。要我老實回答的話，我覺得一切答案都在我的星座裡。」

既是「純粹意外」，又不相信「那麼多意外」，既相信「種瓜得瓜」的因果，但又認同「答案都在我的星座裡」的命定，究竟，亨利・米勒的人生課有著怎樣的道理呢？

亨利・米勒是一位極具爭議的傳奇作家，他開創了「半自傳體式小說」，代表作包括《北回歸線》、《南回歸線》、《殉色三部曲》等等，但又正如歐威爾對他的評

價：「米勒是一位與眾不同的作家，值得加以關注。他是一個完全消極的、破壞性的、非道德的作家，他是約拿（Jonah），一個惡魔的信者，是死而復生的惠特曼（Walt Whitman，1819-1892）。」

作為二十世紀最重要的美國作家之一，亨利・米勒從1922年開始創作小說，而首三部小說都沒有在他生前成功出版，直至1934年，四十二歲的他才成功於法國出版第一本著作《北回歸線》，卻又由於書中的性描寫而遭受祖國列為禁書，直到二十多年後的1961年，才正式於美國出版，廣受歡迎，並成為了性解放運動的一項里程碑。

我們可以為了自己的理想，等候多久呢？

從二十年代開始寫作，直到六十年代才成為受人認同的作家，亨利・米勒是怎樣等待四十年時間的呢？回望亨利・米勒的人生，他的答案告訴我：或許，問題的動詞錯了，他沒有等待，他只是專心於當下，沉醉於他想做的每一件事。

亨利・米勒沉醉於愛情，沉醉於讀書，也沉醉於寫作，他說「我讀書，是為了忘記自我，沉醉於其中。我總是在尋找可以讓我靈魂出竅的作家」，同時，他也成為了令讀者靈魂出竅的作家，但他在寫作時，又不會困於死胡同，

當他發現「自己陷入泥潭，就會跳過困難的部分繼續往下寫」，要是發現真的寫不出來，他說「我就走開」。

亨利‧米勒的方法，用於寫作，也用於人生：我們可以沉醉，但不勉強，因為重點在於「寫東西的時候，還有大好的日子要過」。亨利‧米勒沒有等候「成功」的到來，而是在沉醉於寫作的日子，同時好好過日子。

如此，我們好像更明白他說來矛盾的話，什麼人生既是「純粹意外」但又不「那麼多意外」，什麼既是「種瓜得瓜」又是星座命定，因為一切一切都不可知，除了把握當下，好好過日子。

在一次訪問中，有人說亨利‧米勒「是很有信仰的人」。「是的，」亨利‧米勒直言。「但我不信奉任何宗教。那是什麼意思？意思就是對生活存有敬畏，信仰生，而不是死。」

亨利‧米勒有信仰，但不迷信，他說「一切答案都在我的星座裡」，但不見得他很想尋找這個「答案」，畢竟星座的事，留給星座自己處理就好了。

亨利‧米勒的意思大概是：人生的事，或許命定，但又怎樣？我們不需要理會不可知的命定，也不需要懷疑或期待

眼前將要發生的未來，人需要埋首當下的事，然後某一天，或許因為因果，或許因為命定，我們終於能夠與自己的理想碰面。

作為歐威爾口中「完全消極的」作家，亨利·米勒卻活出了相當積極的人生，他花了四十年時間才與成功碰面，同時不忘好好做自己，好好過日子。

當你經歷了一次又一次的打擊，在你快要放棄的時候，請記得亨利·米勒說「我沒錢，沒資源，沒希望。但我是活得最快樂的人」，只要有「當下」，我們就有快樂的理由，就有繼續走下去的下一步。

納博科夫 /

要有詩人的精準，以及科學家的想像

你喜歡自己的工作嗎？

自己喜歡做的事，即嗜好，如果剛好是自己的工作，當然是一種幸福，但客觀的現況是，絕大部分的人都不是從事自己喜歡做的工作，原因至少有二：一來他們根本不知道自己喜歡做什麼，二來是嗜好與工作，總是錯配。

難道我們注定要一生努力於自己不喜歡的工作嗎？

納博科夫（Vladimir Nabokov，1899-1977）是二十世紀著名俄裔作家，1899 年出生於俄羅斯聖彼得堡，人生顛沛流離：1917 年十月革命，納博科夫舉家離開俄國，前往克里米亞，打算暫時定居利瓦季亞；1919 年，克里

米亞白軍起義失敗，納博科夫一家只好逃離前往西歐，結果，納博科夫入讀了劍橋大學三一學院，攻讀法文與俄文。

1922 年，納博科夫的父親，即柏林流亡人士報章《船舵》的創辦人，被當地的俄羅斯君主主義分子刺殺。納博科夫決定留守柏林，但後來又輾轉到了法國。在這段留歐期間，納博科夫寫成了多部俄文長篇小說，包括《瑪麗》、《防守》、《黑暗中的笑聲》等等，直至 1940 年 5 月，納粹德軍入侵法國，納博科夫一家又再逃難，乘搭尚普蘭號輪船遠赴美國。

大半生人離鄉別井的納博科夫，終於在美國安定下來，並藉著以英語寫成的小說《羅莉塔》成為國際著名作家，而《羅莉塔》及後被導演寇比力克（Stanley Kubrick，1928-1999）改編成電影的事，則屬後話。

然而，當納博科夫的名字，代表著名作者、文化評論人、翻譯家、詩人、文學教授之同時，你以為他從事了一輩子的文字工作，就是他最喜歡做的事嗎？

「哦，那當然是捕蝴蝶，」當記者問及納博科夫最喜歡做什麼時，他如此答道：「還有研究蝴蝶。在顯微鏡下發現一個新的器官，或者在伊朗或秘魯的某座山腳發現一隻未

經記載的蝴蝶，跟這時的心醉神迷比起來，文學的靈感所帶來的愉悅和收穫根本不算什麼。」

納博科夫說：「俄國若是沒有發生革命，我也許就會全身投入鱗翅類昆蟲學，根本不會寫什麼小說，這不是沒有可能的。」事實上，自從納博科夫赴美後，他一邊寫作，一邊於美國自然史博物館擔任義務昆蟲學家，並於 1942 年起，出任哈佛大學比較動物學博物館館長。每年夏天，納博科夫都會與家人到美國西部旅行，並以採集蝴蝶標本為樂，而《羅莉塔》便是在其中一次旅程途中寫成的。

在享受嗜好的途上，納博科夫不忘工作，而在工作之中，納博科夫又從嗜好得到啟發，領悟到生活的不二法門：「要有詩人的精準，以及科學家的想像」。

所謂工作，不一定是我們最喜歡做的事，哪怕像納博科夫一般厲害的人物，也不見得可以將嗜好變成工作，但就算工作不是嗜好，我們也可以把它做得好，做得成功，因為嗜好，其實也可以啟發工作，就像納博科夫的實踐：在工作以外，你需要有嗜好，而終有一天，你的嗜好與工作會融會貫通，彼此相長。

一個人可以將工作與嗜好的配合發展到極致的關鍵在哪呢？納博科夫的個案告訴我們：要有一個好妻子、好伴侶。

若妻子不「在場」，納博科夫根本不能寫起一篇作品。納博科夫有一套個人的寫作方式，他會先在索引卡上寫作，一邊寫情節，一邊重組索引卡的順序，直至某一刻，納博科夫終於感到滿意，並以口述的方式說出整篇小說來。在此，妻子負責打字，將口述內容整理成為文本，一式三份。

納博科夫不諱言，妻子就是他的秘書、打字員、編輯、校對、翻譯、書目編撰、經紀、營業經理、律師、司機、研究助理、教學助理和後備教授。換言之，妻子就是他的生活支柱，沒有支柱，也談不上平衡工作與嗜好了，而更重要的是：若非納博科夫夫人的阻止，令納博科夫成名的《羅莉塔》的草稿，早已給衝動的他付諸一炬了。

凱魯亞克 /

當個瘋子，所以不會被狗咬

「人性像狗，不像神，只要你不夠瘋狂，牠就會咬你，只要你時刻瘋狂，你就不會再被咬了。狗，不會同情、仁慈與哀愁。」凱魯亞克如是說。乍看凱魯亞克的豪言，再簡單看看他的履歷，我們彷彿就能妄下判斷：凱魯亞克肯定以自己比世界更瘋狂的方法面對這個世界，但事實，真的如此嗎？

凱魯亞克（Jack Kerouac，1922-1969）被譽為美國戰後「垮掉的一代」之代言人，以自傳體小說《在路上》聞名，一生人出版了十二部小說，以及無數詩作、俳句，而他為人津津樂道的，除了他的作品，還有傳說中他的狂歡式生活，涉及大量的酒精、大麻、性，甚至一宗兇殺案。

1944 年 8 月 13 日，哥倫比亞大學校園發生了一宗差一點震散了「垮掉的一代」作家群的命案。當晚，凱魯亞克的朋友卡爾（Lucien Carr）聲稱他兒時的童子軍隊長因愛成狂，企圖強暴他，於是以童子軍刀自衛，殺死了這名童子軍隊長，並將屍體纏上石頭棄於哈德遜河。

驚魂未定的卡爾先找上了另一位垮掉派作家巴勒斯（William Burroughs，1914-1997）求救，當巴勒斯勸他投案自首後，卡爾便去找凱魯亞克幫忙，而凱魯亞克給予的幫忙是帶卡爾去看了一齣電影，並到現代藝術博物館看展覽。

最後，卡爾自首了，而巴勒斯與凱魯亞克也被捲入其中，也換來垮掉派的著名故事：凱魯亞克的父親拒絕保釋他，而凱魯亞克只好以答應婚約而換來未來外母提供的保證金。

其實，在卡爾案的前一年，即 1943 年，凱魯亞克曾經短暫加入美國海軍，為期八天。據說，在這一個星期多的日子裡，凱魯亞克感受最深的跟戰爭無關，而是船艙裡人人嗜賭的局面，他認為自己上了一艘賭船，而不是戰艦。

在船上，凱魯亞克只好繼續沉醉於寫作，寫成了他的第一部正式出版的小說《鄉鎮和城市》，並在服役八天之後，

被編入倦勤之列。凱魯亞克回憶此事，說他只是跟醫生要求服用阿士匹靈治頭痛，但卻被判斷有失智症。

無論是官方紀錄，還是凱魯亞克憶述，不能否認的是凱魯亞克嚴重不適應軍中生活，凱魯亞克也說：「我就是無法容忍那個地方，我喜歡做自己」。

從凱魯亞克被勸退役，到他在卡爾案件中的應對（居然是帶兇手去看電影逛畫展）及其從與父親決裂，接上自己結婚告終的結局，以致後來寫成的《在路上》所記錄七年來荒唐的公路生活，我們不難意識到凱魯亞克散發的瘋子氣息，並以為這瘋子就是從「喜歡做自己」煉成的，但人生的事真的如此順理成章嗎？

曾經，凱魯亞克是一名乖孩子。

凱魯亞克的母親是一名虔誠的天主教徒，教導凱魯亞克循規蹈矩的生活。凱魯亞克深愛母親，並曾說「母親是他一生人唯一愛上的女人」，時刻不忘母親的教誨，加上母語為法語的凱魯亞克，到六歲才學習英語，令孩童時期的凱魯亞克份外害羞、內斂，是旁人眼裡中規中矩的孤僻孩子。

凱魯亞克不但聽媽媽的話，也聽爸爸的話。在凱魯亞克

青春期時，他覺悟自己要成為一名作家後，便一直聽從父親的話：要當上作家，你先要進到好的大學，要進好大學，你先要努力踢好美式足球。凱魯亞克信以為真，努力踢球，終於考上了哥倫比亞大學，同時有了讀書、寫作的空間。

然而，在一次比賽以後，因為教練沒有派凱魯亞克上場，而惹怒了凱魯亞克的父親，父親帶著凱魯亞克找上教練抗議，凱魯亞克回憶說，父親罵教練是「狡猾的長鼻子騙子」，最後「父親嘴裡叼著一支大雪茄衝出辦公室，說：『傑克，我們走，我們離開這個地方』。」

「不管你喜歡不喜歡，」凱魯亞克說，「這就是我的家族歷史。他們不受任何人的鳥氣。遲早，我也不會受任何人的鳥氣。」那是 1942 年的事，而之後的事，即又回到他於海軍服役的時間點。

重構凱魯亞克前半生的時序，我們更能明白他說要「當個瘋子，所以不會被狗咬」的真正意思，瘋子之所以成為瘋子不是因為他曾經向多少人發瘋，而只是因為他無法適應這個會咬人的瘋狂世界。我們不一定都要成為瘋子，但當我們遇到瘋子，至少要想一想，他，或許只是不想再「受任何人的鳥氣」罷了。

厄普代克 /

也許我不信任那種特別神聖美好的地方

對於厄普代克（John Updike，1932-2009）的傳記作者來說，寫厄普代克的難度之一是他幾乎將所有生命都放在寫作之上，有關他的個人冒險，哪怕是多麼私密，他都會將之轉化成自己的小說：《馬人》寫他的父親、《農莊》寫他的母親，當然，也少不了《奧林格故事集》與《兔子》四部曲，寫他自己。

但，在他生命中，有兩件事彷彿沒有明確的被寫進這些故事裡：一，他在名校哈佛大學的日子；二，他離開自己夢寐以求的《紐約客》工作崗位。前者牽涉人所共知的名校，後者牽涉現當代的文藝指標，兩者都與厄普代克的生命接軌，又何以被他忽視呢？

《紐約客》是厄普代克從小喜歡的讀物，也是他初為作者時不斷投稿的刊物，而從哈佛畢業後，厄普代克就在《紐約客》工作了兩年，當上「『城中話題』欄目的作者，這意味著我既要跑腿，也要寫稿。真是叫人興奮的職位！真是有趣的工作！讓我看遍了整個城市。我駕過船，看過大劇場裡的電子展覽，也試著根據不同對象和聽到的對話來創作印象派詩歌。」

在首屈一指的機構工作，是機遇，剛好這機構是你心儀已久的目標，更是幸運，而你更加在此當上了「叫人興奮的職位」，更應該是一種幸福。那到底是什麼原因叫厄普代克離開《紐約客》呢？當時，厄普代克的母親也有這疑惑，而他告訴母親：「我不願意當一台打字機」。

厄普代克是一位廣受美國人歡迎，又備受爭議的作家，而一般對於他的批評都在於厄普代克以美國中產白人生活為主體的寫作傾向。然而，他被批評的，正是他的立場。

厄普代克不想當打字機，因為他有自己相信的文學目的，他不希望文學只成為拒絕中產生活的宣言，以及對現代文明的末世詮釋。在他的文學路上，他認為自己的同路人是亨利・格林（Henry Green，1905-1973）、納博科夫（Vladimir Nabokov，1899-1977）、沙林傑（Jerome David Salinger，1919-2010）、菲利普・羅斯（Philip

罐底的鐵鏽

Roth，1933-2018）。後來，在他於葉士域治的辦公室牆上，厄普代克貼著文學偶像普魯斯特（Marcel Proust，1871-1922）與喬伊斯（James Joyce，1882-1941）的相片，提醒自己不忘將自身的生活寫成作品。

厄普代克的作品讓人反思一個文學問題：以中產白種男人為主題的小說，真的必須忽視其他族群的主體意識嗎？

這問題有待商榷，但當我讀著厄普代克的小說，尤其《兔子》四部曲時，厄普代克的一句話經常遊蕩於我的意識裡，他說：「快樂常與恐懼為鄰，因為當一個人得到快樂，往往是對他人的忽略、打擊與傷害」。當厄普代克談及中產白種男人時，我認為，他帶著這樣的意識，與恐懼。

「1957年我離開紐約時，」厄普代克說：「的確沒有什麼遺憾，紐約不過是文學經紀人和時髦外行們的風月場罷了，一個沒有養料且頗為煩人的世界」，「總之，在1957年我滿腦子想說的就是賓夕法尼亞，搬去葉士域治居住給了我寫作的空間。在那裡我過著儉樸的生活，養育孩子，跟真人交朋友」。

關於紐約，厄普代克還曾經在訪問中引用海明威的話，說「紐約的文學圈是滿滿的一瓶線蟲，互相養活」，那麼，

哈佛呢？

在小說裡，厄普代克寫自己的童年，卻幾乎對在哈佛上大學的日子隻字不提。面對這樣的疑問，厄普代克的答案以小說回應現實，他說：「《夫婦們》裡的惠特曼會記得我做過的一些事情。她和我一樣，在變成好人的過程中隱約覺得被蒙蔽了。也許我不信任那種特別神聖美好的地方。哈佛已經有太多歌頌者了，不缺我一個」。

厄普代克的答案隱晦，卻擲地有聲。無論是哈佛，或《紐約客》，以至整個紐約，對於不少人來說都是「特別神聖美好的地方」，甚至是這些地方的「歌頌者」，而厄普代克的經歷告訴我們：要提防別人告訴你的「特別神聖美好的地方」，因為這些所謂的神聖美好，往往會蒙蔽了我們找自己的路，以及目的地。

不過，大家不要忘記，厄普代克可是考上了哈佛、打進了《紐約客》，才有資格說：我可是不屑這些地方呢！

歐威爾 /

為什麼我要射殺那一隻象？

在談歐威爾（George Orwell，1903-1950）之前，我想先談一個人物，他的名字叫埃里克・貝理雅（Eric Blair）。

貝理雅於 1903 年出生於英屬印度的一個英國人中產家庭，家境不貧窮但也不富裕，在兩歲多的時候隨父母回英國牛津居住，十四歲時，貝理雅憑獎學金考入著名的伊頓公學。畢業後，貝理雅沒有跟其他同學一般考入牛津或劍橋大學，而是投考公務員，到了英屬緬甸的曼德勒當上殖民警察。

貝理雅的出走，本是為了解放自我，源於他沒辦法忍受在伊頓公學所經歷的恃強凌弱的等級制度，沒辦法忍受父母加諸於他的舊時代規範，沒辦法忍受國家虛偽的帝國主

義。貝理雅以為這一次出走，可以擺脫這些令他嘔心的束縛，而他意想不到的是：緬甸之行，竟然是要他正視以上一切的厭惡，以及思考何謂「自由」的試煉。

到達緬甸之後，貝理雅才驚覺自己是整個殖民地一共九十位白人殖民警察之一，換言之，他的一言一行都受到注目，他想像中的「自由」一方面受到帝國系統的管理，另一方面受到在地人士的監視。貝理雅很快便意識到他以為透過出走遠方而換來的自由，其實是假象。

作為殖民警察，貝理雅每天接報大大小小的案件，包括各種暴力與兇殺案件，這使他親眼目睹生命的各種陰暗。這種對邪惡的正視，令他沒法憑空創造一種幸福的幻想氣泡，他漸漸意識到這些不幸與恐懼的來源，並不來自於個人，甚至不來自於管治階級（包括他自己），而是來自於整個不公義的制度。

為了維持秩序與治安，貝理雅發現自己不再是單純調查案件的殖民警察，更是與同僚一起留意、追蹤可疑人士，以防止他們犯案的監控人。在緬甸的日子，貝理雅從制度內部觀察與體驗帝國主義的極權統治。在五年間，貝理雅從懷疑到憎恨這種極權制度，決定離開可以做「土皇帝」的緬甸，回到英國與歐洲各國流浪，並一步一步踏上成為作家「歐威爾」的路。

埃里克・貝理雅不是他人，正是歐威爾的本名。

緬甸五年，或者來自於歐威爾的一次任性出走，但卻成功令他尋找到人生的重要課題：關於自由、規範、控制。但，大家又要留意，出走，並不保證可以帶來新視野。若當日的貝理雅沒有不斷的提問、不斷質疑自己的身份，而是安於做一位在地方上高高在上的殖民警察，他不會成了歐威爾，也不會以這些監控別人的經驗寫成《1984》。

在 1936 年，歐威爾以殖民警察的經歷寫成了一篇著名的短文〈射象〉。文中講述一名年輕的殖民警察，不但對自己的職業失去興趣與尊重，而且對人生失去了方向。有一天，主角奉命去射殺一隻「襲擊人類」的大象，在這片土地上，只有這位殖民警察有權力開槍射殺大象，而當他到達現場時，卻只見到大象安靜而和平地在草原上吃草。他問道：為什麼我要射殺那一隻象？

射殺大象是殖民警察受法律所賦予的專職，卻是一件充滿矛盾的苦差。一方面，大象日常地幫助當地人生產與搬運，是他們的重要資產，另一方面，當大象失控時，殖民警察就有責任犧牲大象，以「控制」場面。

在此，歐威爾寫道「就在此刻，我體驗到當白種人變成暴君時，他已摧毀了自己的自由。歐洲主子這種陳腐的人

物，他已變成了一種虛有其表的空心人偶」，主角深切的感受到自己沒有得到過當地人的尊重，而當地人只期待著他「表演」戲劇性的一刻：射殺大象。只有在這一刻，這位「成為一大群人怨恨的對象」，才「暫時值得一看」。

因此，哪怕大象已經乖乖的站回原地靜靜吃草，哪怕主角懷疑大象可能沒有犯下什麼過錯，最後，主角還是在群情洶湧的形勢下，向大象開槍。更糟糕的是，庸碌的主角沒有能耐一槍擊斃大象，而是多次開槍，傷害了牠，像凌遲一般令大象於漫長的痛苦中死去。

所以，為什麼主角要射殺那一隻象？他這樣做，「只是為了不被當地人當傻瓜看」。

射象一事，是否真有其事，或是否歐威爾的親身經歷，眾說紛紜，但重點是：在緬甸的五年，歐威爾確切享有過極權認可的權力，又體會到權力令人失去自主、自由的苦況，而〈射象〉正是在覺悟以後，誠實面對過去的紀錄，而這一份誠實，大概就是歐威爾面對殘酷世界而不致迷失的指南。

史提芬 · 京 /

每個人都是自己的上帝

Stephen

有一段很長很長的時間，我都搞不清楚一個問題：為什麼人們會去看恐怖小說或電影呢？為什麼人們要無中生有，創造恐怖來自己嚇自己？為什麼恐怖故事的主角要在夜闌人靜的時候，不躲在自己安全的被窩之中，而非要到相當可疑的閣樓去呢？難道，你就不能等到另一個朝早的日出嗎？

後來，我長大了一點，明白了這個世界多一點，終於知道：原來，真實的世界總是比故事恐怖。恐怖故事的主題，不是恐怖，而是勇氣，它在幫我們預習什麼是恐怖，測試我們的勇氣，訓練我們成為堅強的人。

美國作家史提芬 · 京（Stephen King，1947-），絕對稱得

上恐怖小說之王，著名作品包括《魔女嘉莉》、《閃靈》、《牠》等等，作品總銷量超過三億五千萬冊，同時史提芬・京也是一位多產而優秀的編劇，其中的講述越獄故事的《月黑高飛》（*The Shawshank Redemption*）更是經典中的經典。

恐怖與越獄，怎麼同時成為了史提芬・京的成名主題呢？因為「恐懼讓你淪為囚犯，希望讓你重獲自由」，而且「每個恐懼的人都活在自己製造的地獄裡」。前句出自《月黑高飛》，後一句來自《重生》。只要我們能縱觀史提芬・京的作品，便會明白他的故事總是叫人變得堅強，史提芬・京的人生也始於一個需要變得堅強的起步點。

「我的童年是一片霧色瀰漫的風景，」史提芬・京說：「零星的記憶就像孤伶伶的樹木掩飾其間」。這些「零星的記憶」彷彿都帶有悲劇的元素，例如在他兩歲的時候，父親因為避債，在完全沒有預警下一走了之，剩下史提芬・京、他的哥哥與母親，以及一堆債務；在他要升上一年級時，得了重病，非完全休學不可；而更可怕的是，他曾經目睹朋友的死亡意外。

據說，當時的史提芬・京年紀還很小，在一次外出時目擊朋友在他面前被火車輾斃。長大後的史提芬・京說自己根本記不起這件事，但據他的家人說，當天史提芬・京在意

外後獨自回家，他驚嚇到一句說話都沒辦法說出來。後來，有人認為，史提芬・京因為這兒時悲劇，而寫成了中篇小說《總要找到你》。

《總要找到你》的敘事者是一名中年作家（就像史提芬・京本人），憶述著發生於 1960 年緬因州一個小鎮裡的往事，說一個叫布勞爾的小孩前往森林採摘藍莓，卻一去不返，於是一班喜歡玩尋寶遊戲的小孩，根據蛛絲馬跡，臆測布勞爾是沿著鐵路行走而被火車輾過，並決定去尋找他的屍體。這故事的確十分容易讓人聯想到史提芬・京兒時遭遇的慘事，但據他本人的說法，這兩者根本丁點兒關係都沒有。

無論史提芬・京是因為過度恐懼而忘了往事，還是恐怖的事早已無意識的昇華成創作，又或是他真的從未在意過這件事，我們可以肯定的是：史提芬・京不再因此事而恐懼，而他亦找到了令自己變得堅強的方法 —— 寫作。

在十四歲那年，史提芬・京以喜愛的恐怖電影為藍本，改寫成小說，並在學校出售給同學。一個早上，他便成功賣出了三十多本，賺到了他的零用錢。然而，史提芬・京在校內賣恐怖小說一事，很快便驚動了校長。校長召了史提芬・京到校長室，命令他將錢退還給同學，原因是恐怖小說是垃圾，校長責備史提芬・京：「我真搞不懂，你明明

滿有才華，為什麼愛寫這些垃圾東西呢？」

校長不知道的是，恐怖，不是垃圾，恐怖小說，也不是垃圾。在那年暑假，史提芬・京堅持創作，寫成了另一個奇幻小說，並再一次大賣，而之後史提芬・京成為大師級作家的事，更不用多說了。

「每個人都是自己的上帝，」史提芬・京寫道：「如果你自己都放棄自己了，還有誰會救你？每個人都在忙，有的忙著生，有的忙著死，忙著追名逐利的你，忙著柴米油鹽的你，停下來想一秒，你的大腦，是不是已經體制化了？你的上帝在哪裡？」

對啊，「每個人都是自己的上帝」，而在這路上，史提芬・京找到了寫作。那麼，你又找到了讓自己走出恐懼，成為自己上帝的方法了嗎？

普希金 /

在失敗面前，誰都是凡人

出生於 1799 年的普希金（Aleksandr Sergeyevich Pushkin，1799-1837），在一個俄國貴族家庭長大，父親與叔父都是沙俄貴族的繼承者，而母親即為彼得大帝的非洲裔教子之孫女。在十九世紀初，沙皇亞歷山大一世建立「帝國學院」，旨在培訓精英官僚去服務國家，而普希金也成為了第一屆畢業生。

貴族、精英、官僚，本應該是普希金人生的關鍵字，但他卻以自己的方法在這列表上添寫了：反叛、民間、挑戰。

當時，俄語還是屬於農奴階級的語言，而作為貴族的普希金，從小在法語教育中長大。幸好，普希金的保姆長期與普希金以俄語溝通，並教導他不少民間的俄語詩句，也熏

陶了普希金對於民間日常的興趣。

在帝國學院裡，普希金認識了不少日後躋身俄國管治階級的朋友，但同時，充份展現了自己激情而不可馴服的個性，他開始以俄語混合法語作詩，並在畢業後，放棄跟隨其他貴族朋友的路線進入體制，反而決定專心於無所事事。

普希金流連於賭場、宴會、劇院，尤其芭蕾舞團。旁人都譴責他沉醉於聲色犬馬，而他亦不諱言自己「無法抗拒芭蕾舞結合音樂與動態的美，以及舞者的美腿」。

普希金人生的轉捩點，正正發生於劇院。有一天，在一次劇場演出途中，當時已經因為寫了不少諷刺詩而遭人留意的普希金，於席上傳閱一份有關一名貴族給刺殺的報導，而上面更有普希金的親筆文字，寫上「沙皇的一課！」。因此，普希金犯上了大罪，哪怕不少權貴朋友幫忙，也逃不了被流放的處罰。

從貴族精英，變成無所事事的花花公子；從社會未來的棟樑，變成了一個流放者。在很多人眼中（包括他父親），都認為普希金浪費了人生，是完完全全的失敗者，但對於普希金來說，「在失敗之前，無所謂高手，在失敗面前，誰都是凡人」，而普希金這名凡人，更在失敗之地，找到

了快樂與使命。

在 1823 年，普希金又「闖禍」了，他在黑海附近一個叫敖得薩的城市，得罪了當地的官員，而原因是普希金以無中生有的諷刺詩抹黑那一位官員（以及私底下追求官員夫人）。因此，普希金被流放到更北面的荒土，在與父親決裂之後，回到了母親故地定居。

如果你是普希金，在一次又一次的「闖禍」和「失敗」以後，你會怎樣？你會懷疑自己生命的價值觀？你會怪罪自己的失敗是源於先天的條件或運氣？還是，你會在心底深處埋怨沒有幫得上忙的朋友呢？在別人眼中，普希金自甘墮落，失去了高高在上的貴族有識之士身份，以及大好前途，但對於普希金來說，他回到了屬於自己的心態，在母親的故地，他寫下了經典長詩《葉甫蓋尼·奧涅金》。

《葉甫蓋尼·奧涅金》講述自以為是，實際上卻一事無成的主角奧涅金，如何在年輕時狂妄自大，玩弄感情，不留情面的拒絕女主角塔姬雅娜的愛意，卻在多年後，重遇已經名花有主的塔姬雅娜，方知道自己的最愛是她，可惜一切事過境遷，奧涅金後悔莫及，最後只換來塔姬雅娜無情的拒絕。

有說《葉甫蓋尼·奧涅金》是普希金重新解讀拜倫《唐

璜》後的舊瓶新酒，又有說這些詩體小說是普希金夫子自道，而無論屬於以上哪種寫作動機，《葉甫蓋尼‧奧涅金》的確反映出普希金看破紅塵、名利、得失的視野。

「生活就像一葉扁舟在海面行駛，」普希金在《葉甫蓋尼‧奧涅金》寫道：「要使這隻小船順利平穩地前行，必須要使它在乎一定的重物。重物超過了一定的限度，沉水翻船，所載過輕，船就會左右搖擺，難以安渡。」

當我們有所得，又感覺到有所得的壓力時，不要怕，因為那是讓我們前行的力；當我們有所失時，也不要怕，因為本來無人無物的輕鬆，讓我們有走得更遠的可能，「生活要有所負擔，才是真正的擁有，適時的捨棄，才能有所收穫」。

所以，普希金失去了很多？普希金的人生，真的失敗了嗎？歸根究底，「失敗」由誰來定義？我只知道，事到如今，普希金貴為「俄國文學之父」。

果戈里 /

11 青春還有將來，這正是它的幸福

你人生遇過最大的侮辱是怎樣的呢？

我記得，在我中三的那一年，有一天我上學回到課室，發現書桌抽屜空空如也，文具、課本、練習簿全都不見了，我不明所以的問周遭同學，沒有人能夠回答我發生了什麼事，只有那幾個總是欺凌我的同學在竊竊私語。最後，無助的我在廁所與後山找回我的東西。這是一段充滿污跡的記憶。

當時，欺凌我的同學，認為我不配在這所學校讀書，不配的原因不單是因為我成績差，也因為當時的我個子小，看起來可笑。看起來可笑，被想當然地成為被取笑的對象。有時候，人際關係就是這般的無聊，不論是我，還是

你，甚至是像果戈里（Nikolay Gogol，1809-1852）這麼著名的大作家，也可能曾經被人無理的忽視與侮辱。

年輕的果戈里，從烏克蘭的小村子到了大城市聖彼得堡，當上政府機構的抄寫員，卻深刻體會官僚系統與極權統治的黑暗，因此辭掉工作，決心成為一名演員。然而，因為他「個子小小的，腿跟身體的比例太短，走路歪歪，笨手笨腳，衣著不佳，看來很可笑」，於是四處碰壁，遭到劇場人的嫌棄和取笑。

然而，正如他的名言「青春還有將來，這正是它的幸福」，青春的果戈里認識了偉大作家普希金，並在他的鼓勵下開始下筆創作，隨著一部一部作品面世，果戈里的名字漸漸受到注視，後來更寫成了俄國人家傳戶曉的喜劇《欽差大臣》。

《欽差大臣》諷刺時弊，以誇張滑稽的情節，批判俄國官僚作風的不公與霸道，舉例，在劇中，法官在莊嚴的法庭養鵝，又例如有一位教師每次提及亞歷山大大帝時，都會打破課室的一張椅子。

劇中看似荒誕的舉動，正正指出當時社會管治階級的荒謬，而這樣的諷刺引來了不同的評價。保守派人士抨擊果戈里肆無忌憚的揭露祖國的陰暗面，玷污了俄國的大名，

但激進派與改革派均認為果戈里擊中了俄國社會不公的核心問題，而無論以上的評價誰是誰非，可以肯定的是果戈里得到了他應有的名聲，更出奇地得到了沙皇尼古拉一世的垂青。據說，當沙皇看完了演出後，說在《欽差大臣》一劇，「人人得到了該得的褒貶，而我，尤其如此」。

1842 年，果戈里出版了長篇小說《死魂靈》，故事以農奴制度作背景，而當時的地主都要為自己的農奴納稅，但政府的人口普查每隔十年才進行一次，故此，地主名下會有不少需要納稅，卻早已死去的農奴名額，又名「死魂靈」。《死魂靈》的故事是講述一個黯然下馬的海關小吏，看準了農奴制度的這個漏洞，四處奔波，以低價買下「死魂靈」再將之抵押給銀行借錢，並開展他穿梭俄國看盡人情冷暖的旅程。

《死魂靈》一書深入民心，也影響了以後數代的俄國作家，當中的角色更延伸至其他的作品，令果戈里成為俄國殿堂級作家之一，沒有人再會聯想到他就是多年前那個在聖彼得堡受盡文藝界白眼、忽視，慘得只剩下青春的小伙子。然而，《死魂靈》的書名同時一語成讖，晚年的果戈里彷彿一個失去了靈魂的活人，投入了宗教狂熱之中，兌現了他寫下的名言：「上帝要懲罰一個人，必先奪取他的理智」。

1847 年，果戈里發表《與友人書信選》一書，書中不但大讚官方教會，公開站到保守派別的立場，而且收回自己從年輕時代以來對舊制度、舊時代的批判，甚至為了自己曾經寫下針對官場腐敗的作品而懺悔，認為這些作品，包括《欽差大臣》與《死魂靈》都冒犯了很多正當的人。

在此，我又想起果戈里的那一句「青春還有將來，這正是它的幸福」，但當將來成為了當下，我們如何繼續青春的心、如何邁向幸福的將來，可能是更重要的課題。果戈里的人生課，教導我們如何懷著青春而不怕別人的侮辱，同時，提醒我們記得要保持青春的初衷，不要成為死魂靈，以不至於自取其辱。

契訶夫 /
不要在咖啡杯裡找啤酒 12

「知識分子，偶然遭受一兩次痛苦，便會覺得這個刺激過於強烈，便會大叫起來；可是廣大的民眾，無時無刻不受著痛苦的壓迫，感覺便麻木了 …… 到了過於痛苦的時候，反而只吹一聲口哨。」那麼，在民眾間受盡壓迫長大，卻又成為了知識分子的俄國作家契訶夫（Anton Pavlovich Chekhov，1860-1904），如何以自己的人生演繹、詮釋自己的這一句名言呢？

有別於很多其他俄國殿堂級作家，契訶夫出生寒微，童年時過著窮苦的生活。在他十六歲那年，契訶夫的父親因為負債，瞞著家人離家出走逃到大城市去了，剩下契訶夫母親、契訶夫本人，以及其他兄弟姊妹。此時，契訶夫一家的房客以狡猾手段，賤價買了（其實是騙取了）契訶夫家

的房產權。

面對掠奪了自家財產的同屋仇人，你會樣做呢？契訶夫又會怎樣做呢？

契訶夫不但決定留下來同住，更答應當上了仇人侄兒的補習老師，忍辱負重，為的是讓自己有得食有得住，以順利完成自己的學業。務實，是契訶夫的第一個人生關鍵詞。

然而，務實，不等於自卑，而是謙遜的帶著信念求存。從契訶夫寫的早期劇本《孤兒》開始，契訶夫的文字總是彰顯一個信念：一個被迫務實的低下平民，不一定是渺小的人，只要他是誠實的人，敢於追求、敢於反抗，務實的人也可以展示偉大的情操。

苦中作樂，是契訶夫的第二個人生關鍵詞。契訶夫從小在現實裡掙扎，卻從來沒有放棄可以做樂事的機會。小時候，家裡沒有什麼玩具，契訶夫便帶領兄弟姊妹在家製作劇場，以一塊大布簾將客廳一分為二，成了舞台與後台，於家中上演名劇《欽差大臣》。

到了青春期時，母親常常寄信給契訶夫求救，希望他寄錢回家解困，契訶夫盡力想辦法接濟之餘，不忘於信中多寫上幾個笑話、趣事，甚至文字遊戲，以解母親的悶氣。

到了契訶夫二十歲那年，總算捱出頭來，作品登上了《蜻蜓》雜誌，而他領回來的第一份稿費，便用來買生日蛋糕送給母親。

或者，你會問：在殘酷現實裡，嬉皮笑臉的苦中作樂，算是一種虛偽的掩耳盜鈴嗎？契訶夫以人生與作品告訴我們：苦，而可作樂，是一份對生命的自重。

在契訶夫早期的作品中，幽默與諷刺的元素相對較多，例如在小說《變色龍》中，那個在沙皇制度裡見風使舵的官僚角色，透過契訶夫不留餘地的挖苦，成為了當時平民讀者茶餘飯後的話題，勾起了大眾對極權及其執行者的厭惡。

契訶夫曾經說過：「要是人家端給你的是咖啡，那麼請你不要在杯子裡找啤酒。」這既是他的待人之道，但同時，也是他面對殘酷世界的覺悟：世界需要契訶夫創作振奮人心的咖啡，還是叫人沉醉的啤酒呢？又說，人民需要閱讀解悶的幽默，還是嚴肅對待現實的文學呢？

「不要心平氣和，不要容你自己昏睡！」契訶夫說：「趁你還年輕，強壯、靈活，要永不疲倦地做好事。」在1886年，契訶夫發表了小說《苦惱》。從此，契訶夫的小說漸漸從諷刺走到嚴肅，從幽默走到沉思。

在《苦惱》中，年老的馬車車夫痛失了相依為命的兒子，卻沒有躲在家憂傷的本錢，只能硬著頭皮帶著沉重的憂傷工作，而在工作中，沒有一位客人願意細聽車夫的心事，要麼忽視他，要麼斥責他，故事冷酷地寫出了人間的無情。

到了中晚年，契訶夫堅定地實踐著自己的信念：「文學家不是做糖果點心的，不是化妝美容的，也不是給人消愁解悶的」、「如果我是文學家，我就需要生活在人民之中」。契訶夫身體力行，哪怕身子虛弱，還是勉強自己遠赴俄國流放政治犯的庫頁島，以親眼目睹的所見所聞，寫下（後來被沙皇列為禁書的）紀實作品《庫頁島》（又譯《薩哈林旅行記》）。

在極北極寒的庫頁島上，契訶夫每天早上五時起床，把握時間四出找人做訪問，並全程受到一個帶槍的看守人員監視。最終，他成功記錄了近一萬名島上囚犯與窮人的生活狀況（如果那還稱得上「生活」的話）。

從庫頁島回來後，契訶夫說道：「我已經進過地獄，庫頁島就是這樣的地獄」，而這次地獄之行，據說令契訶夫染上了到死也沒法痊癒的肺病，但也啟發了他對「永生」的思考，並寫下之後多部哲學性的傳世之作，例如小說《六號病房》，也說明了：哪怕人在地獄，也可以見到生命的意義。

夏目漱石 /

如果沒有你，那就沒有現在的我

研習日本文學的朋友，大概都會發現夏目漱石（Soseki Natsume，1867-1916）作品的一個小趣事，那就是作品的明治年份，與夏目漱石的年齡總是一樣的，例如夏目漱石於三十八歲那年寫下了厭戰小說《我是貓》，那一年正正就是明治三十八年。

這個「巧合」的原因簡單非常，因為原名夏目金之助的夏目漱石，出生在明治元年的前一年，即慶應三年（1867年）的一月，因此年齡與明治年份同步增長。但，大家不可不知的是：這個小巧合，成為了夏目漱石悲劇人生的起點。

與明治年號同步，意味夏目漱石的一生處於時代極變之

中。夏目漱石出生於名主家庭，家族本應該是社會上滿有權力地位的一員，卻在變更中的大時代下，成為了漸漸被淘汰的一伙。家道中落，加上母親高齡產子而遭人白眼，夏目漱石出生不久，就被送到別的家庭寄養了。

當時，夏目漱石被送到一個在賣破爛舊家具的農村家庭。養父母每晚都會到四谷大街的夜市擺檔，而只有一兩歲的夏目漱石，就這樣被放在一個竹籃裡，和一堆爛銅爛鐵堆在一起。他在這家一住就是四年。

故事的發展帶一點戲劇性。有一天，夏目漱石的親生姐姐經過市集，遇到了夏目，也不知道他們是如何相認的，總之，姐姐將夏目漱石帶回了老家。這是夏目漱石第一次對原生家庭有意識的畫面：當時，夏目的父親正在責罵女兒居然將夏目帶回家來。

五歲時，夏目漱石又被送到另一個寄養家庭去了。夏目的第二任養父，跟他的生父有著相似的背景，同樣是因為明治維新而變得落魄的社會賢達。據說，這對養父養母平常生活各嗇非常，卻特別寵愛夏目，用盡物質與心力滿足他，也漸漸將夏目從那可憐的人球，寵成任性的少爺。

在夏目漱石的回憶裡，這對養父養母對他唯一的為難，就是每天晚飯時都會問夏目：誰是你最愛的父親母親呢？你

是誰的小孩呢？

其後，這對養父母出現在夏目漱石半自傳小說《道草》裡，成為夏目讀者最討厭的角色之一二。不少人都批評這對養父母虛偽，一心只想長大後的夏目漱石知恩圖報，但我想，或許，他們也不過是可憐的一對。在時代劇變的轉折中，缺乏愛的人，不只是小孩，還有大人。

愛，好像總是不能與夏目漱石結下更長的緣份。1875 年4 月，養父母正式離婚。經過一番轉折，九歲的夏目漱石又回到自己的原生家庭。

當時，夏目的親生父親已經五十八歲，親生母親四十九歲，夏目一直以為這對比養父母大得多的人是自己的爺爺嫲嫲。夏目漱石稱他們爺爺嫲嫲，他們也不否認，直至一陣子以後，夏目漱石才從一個女僕口中得知事實，也明白父母根本無意認他為兒子。

成年後的夏目漱石，透過照片相親結識了鏡子，並且成婚。二人的新婚生活尚算融洽，夏目漱石總算建立起自己的一個「家」。但在三十三歲那年，夏目漱石被政府派往英國倫敦留學，研習英語研究，這次留學再一次打斷了夏目建立幸福的人生旅程。

倫敦之行儘管讓夏目漱石帶回了知識與學養，但也帶回了他敵不過現實的絕望、胃病，以及精神衰弱。據說，在英國時，夏目漱石幾乎將所有錢都花在買書上，整天將自己鎖在斗室裡埋頭苦讀，缺乏與人之相處與溝通，最終患上精神衰弱，甚至有說是躁鬱症。

三年之後，夏目漱石完成了學業回國，而與其他奉命留學的知識分子相比（例如同樣是作家，後來成為陸軍軍醫總監的森鷗外），夏目漱石的回歸沒有促成他的名成利就。哪怕是他的成名作《我是貓》，也不過是當時一位編輯好友極力游說他以寫作治癒抑鬱的意外之作，寫作的動機是為了緩解心情，而非成名。

可以說，夏目漱石的「一事無成」大概源於他「沒有追求」的性格。

留學回來後，夏目漱石的精神狀態掉到谷底。精神衰弱的來襲，加上脾氣變得暴躁，夏目漱石與鏡子的關係變差，也漸漸變得暴力。外界（尤其夏目漱石的學生）一般都說鏡子是「惡妻」，但從夏目女兒的口述，以及《我的先生夏目漱石》的蛛絲馬跡中可見，事實大概是夏目漱石不時會對鏡子動粗，反而是鏡子為了顧全先生的名聲，從來沒有對子女與孫兒說過這些事情。

1916 年，夏目漱石因為胃病去世，享年四十九歲，一代文豪英年早逝。夏目漱石如此波折的人生，究竟可以教導我們什麼呢？

面對不可逆轉的明治維新，以及所帶來的家道中落，經歷了成為「人球」而得不到父母愛護的童年，捱過隻身遠赴英國的窮困艱難，帶著神經衰弱與胃病的虛弱身體回歸，夏目漱石花了一輩子的時間經歷逆境，卻在成長中找到自己安身立命的心安處：寫作。

在寫作中，夏目漱石將所有不幸化成材料，在生活中，夏目漱石珍惜每一段相遇。晚年，夏目漱石跟鏡子說：「如果沒有你，那就沒有現在的我」，這個「你」是夏目漱石的鏡子，也是每一個人一生遭遇的種種，包括幸，與不幸。

杜斯妥也夫斯基 /
只要能活著，活著，活著！

試想像一個近乎超現實的場面：你最愛的親人死了，而遺體安躺在大廳的桌子上，這一刻的你會在想什麼？做什麼呢？而你再試想一下，當這樣的情景，發生在俄國大師級作家杜斯妥也夫斯基（Fyodor Dostoyevsky，1821-1881）的現實之中，他，又會怎樣做呢？

有別於其他大部分十九世紀俄國作家，杜斯妥也夫斯基成長於城市而非田野，並在城市接受成為工程師的精英教育。然而，植根於對文學的熱誠，以及對於低下階層的關懷，讓他在二十五歲那年，即 1846 年，寫下小說《窮人》。

《窮人》的書稿輾轉傳到了當時聖彼得堡的文藝圈領袖別

林斯基（Vissarion Belinksy，1811-1848）手上。傳說，別林斯基起初拒絕閱讀這一份來自不知名工程系學生的稿件，卻本著好奇心即管一看，豈知欲罷不能，連夜閱畢稿件，並在凌晨四時，到了杜斯妥也夫斯基的住所，親吻這位年輕有為的作家，祝福他的前途。

因為別林斯基的加持，杜斯妥也夫斯基一舉成名，卻又因為別林斯基劣評他的第二部作品《雙重人格》，而迫使他轉投另一個帶有革命意識的自由派文藝圈。這個文藝組織由一班活躍於聖彼得堡的知識分子組成，當中包括作家、教師、低層公務員，並由社會主義者米哈伊爾·彼得拉舍夫斯基（Mikhail Petrashevsky，1821-1866）帶領，故又稱「彼得拉舍夫斯基小組」。

彼得拉舍夫斯基小組有鮮明的政治立場，反對沙皇專制與農奴制度。在1849年4月23日，杜斯妥也夫斯基終於因反沙皇的革命之罪被捕，及後被判死刑。12月22日，杜斯妥也夫斯基被押送到聖彼得堡廣場，準備接受火槍隊行刑。當第一排犯人列隊完畢，火槍隊上膛舉槍之際，沙皇派來的車隊突然進場，並公開宣布特赦死刑犯，流放犯人到西伯利亞。

這有如電視劇一般的戲劇性場面，影響了杜斯妥也夫斯基的一生及其作品。從與死亡只差一步之距，到重獲生

命，杜斯妥也夫斯基從心底感受到「存在」的重要，以至於在他以後的作品中一直貫穿的命題：「只要能活著，活著，活著！」

在西伯利亞流放十年，杜斯妥也夫斯基篤信了基督，並與一位帶有兒子的寡婦結婚。在那裡，杜斯妥也夫斯基與妻子生活得很苦，他的癲癇症經常發作（包括在新婚之夜），而哪怕在十年後，他們一家人終於可以回到聖彼得堡，他們的生活也沒有得到很大的改善。

在 1864 年 4 月的一個晚上，杜斯妥也夫斯基的妻子逝去，遺體按照當時俄國習俗安躺於桌上，而在同一張桌子上，同時，杜斯妥也夫斯基在寫他的經典名著《地下室手記》。

在陪伴著妻子的死亡之際，杜斯妥也夫斯基奮筆疾書《地下室手記》，描寫一名活在地下室的可憐人如何思考自由的本質，主角叩問自己：一個人究竟如何可以不受限於外在的規限而實踐自由意志呢？這些規限可能是有形的圍牆與地下室的牆壁，也可能是無形的階級，甚至於人們生命的大限。

那麼，杜斯妥也夫斯基筆下的主角如何以生命回答這個問題呢？

《地下室手記》的主角，正如杜斯妥也夫斯基很多其他故事的角色，充滿了內心的交戰與矛盾的思維，地下室主人一方面自怨自艾自認自己的不濟，另一方面又想得到長官的讚賞來找到存在感；他一方面說自己樂於獨處，另一方面極想參與舊同學的派對；他一方面埋怨地下室成為了他的牢獄，卻另一方面鞏固、維持、裝飾這個地下室，令自己更安於現狀。

透過十一個互相扣連的短章節，地下室主人以個體的遭遇與視點，質疑了整個十九世紀以來，人類文明所謂的發展、進步，以及邁向繁榮的願景，到頭來，小說問道：我們在牙痛之中，究竟可以有什麼樣的快樂呢？

或許，痛，能夠證明活著，而活著，值得快樂。然而，在《地下室手記》的結局，杜斯妥也夫斯基再一次問道：如果我們活在地獄，還值得快樂嗎？你可能還會問：那什麼是地獄呢？

杜斯妥也夫斯基大概會答道：沒有愛的地方，就是地獄。生活很殘酷，死亡很可怕，但也不夠沒有愛的存在絕望，於是，我們明白，我們「只要能活著，活著，活著」，活著就是勝利，但記得要活著，有愛。

托爾斯泰 /

認為人可以沒有信仰是一種迷信

你想要成為一名偉大的人嗎？

懷疑論者聽到這樣的問題，可能會如反射神經受到刺激一般的回應：偉大，該如何定義呢？沒錯，偉大的定義很廣，一個人的偉大，可能基於個人事業到達了巔峰，也可見於一個人對社會的影響力，又可能是他為人類帶來種種美善而流芳百世，但無論是以上哪一種「偉大」，我想，要達到偉大的一個必然條件，始終是：信仰。信仰，不一定是宗教的，而是一種讓人可以在低谷中堅持下去的力量，也是一種讓人在迷失中找到方向的目標，更是一種讓人在苦難中看見美善的希望。有關信仰與偉大的這一堂人生課，我們可以請教俄國的偉大作家托爾斯泰（Lev Nikolayevich Tolstoy，1828-1910）。

托爾斯泰出生於十九世紀的貴族家庭。據說，在他五歲時，哥哥告訴他一個故事，說世界上有一頂小綠帽，藏於山澗，只要找到這頂小綠帽，人間的貧窮、災難、仇恨都會消失。當時的托爾斯泰信以為真，而「尋找小綠帽」也成為了他兒時最喜歡的遊戲。

長大後的托爾斯泰，固然不會再相信這小綠帽的童話，但在我看來，托爾斯泰終其一生都在尋找這一頂無形的小綠帽，甚至以自己的文字，以及身體力行地去創造心目中理想的小綠帽。

在 1884 年，托爾斯泰寫了一本名叫《什麼是我的信仰》的書，在書中，托爾斯泰雖然坦言自己的信仰是基督教，但在他的日記裡，我們同時找到這樣的段落：

「關於信仰和神的一番談話使我產生了一個偉大的、非凡的思想，我覺得為了實現它，我能夠獻出我的一生。這個思想就是建立一個與人類發展狀況所適應的新宗教。這是一種不僅許諾來世的幸福，亦給予塵世幸福的實際宗教。」

這個「新宗教」彷彿就是托爾斯泰的小綠帽，是他的信仰，也是貫穿他作品的力量，而非要具體描述這「新宗教」的話，大概就是一種「務實的博愛」。

托爾斯泰作為俄國現實主義作家，被譽為「最清醒的現實主義天才藝術家」，正如他在《戰爭與和平》寫道：「對兄弟們、對愛他人的人們的同情和愛，對恨我們的人的愛，對敵人的愛，是的，這就是上帝在人間播撒的那種愛」，托爾斯泰的每一部作品，一方面鉅細無遺翻開人類的黑暗與苦難，又另一方面啟發讀者思考、探索「愛」的真相與可能。

晚年，托爾斯泰根據雨果的故事，重新寫了短篇小說《窮人》，寫出了自己對關懷弱勢者的態度。《窮人》的主角是一位漁夫的妻子，名叫桑娜，桑娜育有五個兒子，生活潦倒，但在桑娜家的隔壁，卻有另一個比他們更貧窮的家庭，住著一名寡婦，帶著兩名兒子，無依無靠。

在一個寒夜，桑娜等待還未有漁獲歸來的丈夫時，打算到隔壁問候一聲，豈料發現那一名寡婦已經凍死在床上，床邊的兩個孩子卻還在熟睡。桑娜二話不說，便抱起那兩個孩子回到自己的家裡。

眼看著面前五個自己的孩子，以及救回來的兩名孩子，桑娜的理性才頓時覺醒過來，她問自己：我應該救他們嗎？我是不自量力嗎？我會被丈夫責怪嗎？最後，托爾斯泰給我們的答案是：愛，是真誠的，是不計較的，而真誠而不計較的愛，可以帶來幸福。

在此，你可能會懷疑：在傳統貴族家庭出生，又是大莊園主的托爾斯泰，憑什麼說自己能體會低下階層的疾苦，更遑論什麼愛的「小綠帽」呢！的確，托爾斯泰擁有三百八十公頃土地，更有三百名農奴為他服務，但正如他所寫：「讓我們失去平安的，並非變換著的環境，而是不知足的慾望」。

在托爾斯泰七十多歲時，他決定離定舒適圈，懺悔自己的貴族身份，並且親手蓋了一所簡陋的茅屋居住，開闢田地耕種，自力更生。托爾斯泰不顧妻子的反對，將自己的財產和農地平分給農民，並主動放棄著作權，將所有作品無償送給社會。

於是，托爾斯泰就此成為了偉大的人嗎？

可能吧！但對於他的妻子蘇菲亞來說，托爾斯泰只顧著自己變得偉大，卻剝削了自己妻子與多個孩子的幸福，她曾寫道：「（托爾斯泰）在自傳中宣揚自己如何幫忙鄰人提水……卻從未給生病的孩子倒過一杯水喝！」

或許，托爾斯泰始終是一名偉人，但在一名偉人背後，還是有很多很多的人，為著這一名偉人，為著他的信仰，而犧牲了很多很多。當你終有一天成為了偉人，可別忘了身邊最親的人。

馬奎斯 /

你不可以吃掉了希望

當現實的殘酷將我們折磨到極限時，總會有一把聲音告訴我們：不要放棄，因為我們總有希望。然而，當殘酷進一步蠶食我們，「希望」還能夠讓我們撐多久呢？而我們又該怎樣認清楚希望與現實的落差，好讓自己不盲目的迷信希望呢？又說，希望是否存有真與假呢？要回答這些問題，我想參考的對象是拉丁美洲魔幻現實主義文學大師馬奎斯（Gabriel García Márquez，1927-2014）。

馬奎斯生於哥倫比亞，但正如他自己所言「在拉丁美洲的任何一個國家裡，我都覺得自己是本地人」，馬奎斯早已成為拉丁美洲文學的代表。作為諾貝爾文學獎得主，馬奎斯最為人所熟知的作品，可能是那穿梭七代人橫跨過百年的虛構家族史長篇小說《百年孤寂》。

《百年孤寂》的流行，令「魔幻現實主義」一詞成為了馬奎斯的代名詞，可惜，大家往往只記得他的魔幻，卻忘了他的寫實。事實上，以虛構與幻想見稱的馬奎斯，從來沒有放棄過以文字書寫現實的任務，而這寫作的信念早見於他早期的短篇小說〈沒有人寫信給上校〉。

〈沒有人寫信給上校〉講述一位退休上校與他的妻子在鄉下的困窘生活，他們窮到連咖啡「罐底帶點鐵鏽的也刮來」當咖啡粉沖泡，潦倒到幾乎變賣了家裡所有得體的家具，而他們生命最後的希望，只剩下兩物：早逝兒子留下的一隻鬥雞，以及上校等待已久的一封信。

先說那一封信。話說，十多年來，每一個星期五，上校都會去碼頭等待送信的船泊岸，然後跟著郵件回到郵局，再在郵局等待局長分信。過程中，上校總是裝出冷靜的模樣，與郵局周圍的朋友聊天，實際上卻是心急如焚，因為他在等的不單是一封信，更是政府答應給他的退休金通知書。可惜，一等便是十多年，而郵局局長的答案總是「沒有人寫信給上校」。

當收信的希望一再落空，而生活的殘酷死線迫在眉睫，上校夫婦只好將最後的寄望放在鬥雞上，他們用僅餘的糧食養活鬥雞，以期待在兩個月後的鬥雞大賽中可以獲勝賺錢。在夫婦間討論這隻鬥雞的「價值」時，也帶來了這短

篇中廣為人熟悉的名句：

「你不可以把希望吃掉了。」妻子說。
「你才不可以把它吃掉呢，它可以維持著你。」上校回
答說。

在此，鬥雞代表希望，沒有人應該吃掉希望，因為希望是
用來維持著我們的生命的。這固然是正解，但過分強調這
個解法，便又忽視了馬奎斯對「希望」的現實解讀。

事實上，馬奎斯相信希望，但同時明白單純的希望不足以
救命，更遑論救世，上校退休金的希望如是，鬥雞亦如
是。這份道理可見於故事的結局：

「牠是隻唯一不會輸的公雞。」

「但是如果牠輸了呢？」

「那仍然還有四十四天可以思考這件事。」上校說。

「那麼，我們這段時間吃什麼？」妻子問道。

這件事已耗去上校二十五年的光陰 —— 他生命中的二十五
年，一分一秒地過去 —— 而到達了這個時刻，而這個時

刻，他覺得已是單純而明顯地無法可想了，於是他回答說：「狗屎」。

這篇以「希望」為主題的〈沒有人寫信給上校〉就此以「狗屎」作結，沒有半點的俗氣，卻是實實在在的寫實。這份寫實，正是馬奎斯的小說經常被忽視的部分，馬奎斯「一直相信，我真正的職業是做記者」，而〈沒有人寫信給上校〉「是一個沒有魔幻色彩的村子。這是一種新聞式的文學」。

面對現實與政治，馬奎斯以文學回應，正如他所說：「很多人認為我是一個寫魔幻小說的作家，而實際上我是一個非常現實的人，寫的是我所認為的真正的社會主義式現實主義。」

在文學與新聞之間，作者有了自己理解世界的權力，馬奎斯認同這份權力，說：「是這樣，而且我也能夠感覺到這一點。它給了我一種強烈的責任感。我真正想要寫的是一篇新聞作品，完全的真實和實在，但是聽起來就像《百年孤寂》一樣奇幻。」

換言之，馬奎斯深深明白文學與現實的關聯，並認為，只有貼近現實真相的文學才可能是實在的文學，只有建基於現實之上的文學才有它的合法性，而只有貼近現實的作

者，才可以文學回應現實，而馬奎斯貼近現實的方法是什麼呢？

「我不跟老朋友斷絕或割斷聯繫，」馬奎斯說：「他們是那些把我帶回塵世的人，他們總是腳踏實地，而且他們並不著名。」朋友，尤其老朋友，從來是我們經驗現實的根本。

CHAPTER 2

烏鴉與光

17 — 33

芥川龍之介 / 17

我們不可能不負傷地
走出人生的競技場

世界上，是否存在一種「合乎客觀安全標準」的學習騎單車方法呢？當然，我想是有的，只是絕大部分的我們，都是以一種極不安全的方法學會騎單車的。我還記得，小時候是舅父教導我騎單車（沒有輔助輪的兩輪單車），而舅父教導我學會在單車上取得平衡的方法，是讓我，與單車，從高處一起滾下去。

人生，是一場學會平衡的過程，平衡責任與慾望，平衡批評與自我，平衡積極與消極 …… 而這趟學習平衡的人生，又是否無可避免地，必然要受一點傷呢？

日本新思潮派作家芥川龍之介（Ryunosuke Akutagawa，1892-1927）的答案是：「我們是不可能不負創傷地走出人生的競技場的」。

芥川龍之介的成名，可算是天才型作家的規格。在他大學還未畢業時，已經獲前輩作家夏目漱石青睞，並主動接觸、提攜他。然而，這名一生留下了《羅生門》、《地獄變》，以及其他一百五十多部故事的天才型作家，又何以只活了短短的三十五年，便以安眠藥自殺身亡呢？芥川龍之介的悲劇，可以從其出生開始說起。

芥川龍之介，原名新原龍之介，改名的原因，不為什麼，只因為迷信。據說，當時四十二歲的父親與三十三歲的母親生下了龍之介，而父母的年歲，剛巧分別是男性與女性的「大厄年」（有點類似我們的「犯太歲」），而龍之介的父母相信在大厄年生下這名獨生子不會是好事，於是便以「假裝兒子是撿回來的」方式養育他，並跟隨舅父的姓氏，改名謂「芥川龍之介」。

後來，大厄真的來了。芥川龍之介的母親，在生下他不久之後便精神病發作，變得神經錯亂，因此芥川龍之介亦順理成章真的被舅父接走了，並由舅父一直照顧他。在芥川龍之介十一歲那年，母親過世。

舅父的芥川家族，本是一個有身份地位的家族，雖然於維新之後沒落，不富，卻貴。芥川龍之介就此在一個講究教養與人文氣息的家庭長大，並在二十一歲那年，以新生第二名的優良成績，考入東京帝國大學，主修英國文學。

自命不凡的芥川龍之介，成年後遇到的第一個大挫折，來
自於愛情。

當時，芥川愛上了青山女子學院的女生吉田彌生。情竇初
開的芥川一心要娶吉田彌生為妻，而他萬萬沒想到，芥川
家因為吉田彌生非士族出生，不能門當戶對，而禁止芥川
與她交往。最後，吉田彌生嫁給了一位海軍士官，而芥川
龍之介也開始陷入懷疑家庭、出生、命運的單程路上。

在《侏儒的話》，芥川龍之介寫道：「人生悲劇的第一幕，
始於成為父母、子女，基因、境遇、偶然，掌握人們命運
的，終究是這三個東西」，芥川龍之介帶著缺乏父母之愛的
先天條件，在芥川家沒落貴族的境遇中成長，卻偶然地愛
上了不門當戶對的情人。這，或許就是芥川理解的命運。

後來，芥川龍之介當上了海軍學校的英語老師，有安穩的
工作，也結婚成家。婚後不久，他發表《地獄變》，一躍
成為文壇寵兒，更令他大膽辭職，成為全職作家。

然而，他的打擊又來了：他的恩師夏目漱石去世。從
此，芥川龍之介的人生路彷彿失去了指路的燈，而經過他
的中國之行，寫下《上海遊記》、《江南遊記》等作品之
後，芥川龍之介更走上了老師夏目漱石的舊路，受罪於神
經衰弱、腸胃炎、心悸之苦。

隨著身心靈的狀態每況愈下，芥川龍之介的作品也一步步走入「人之惡」，寫盡人間的醜惡、怪異、恐怖，也因此而被稱作「惡魔主義」。雖然芥川龍之介在這段時期的作品，依然堅持揭示人要在惡魔世界之中找尋美善，並要衝破道德的約束而滿足自由意志，但同時，行文之間也散發著大量壓抑的鬱悶，以及對死亡的思考。

到了芥川人生最後的兩年，他終於出現幻覺，就好像真的是基因作祟，他重複了母親的命運。在他最後一部作品《一個傻子的一生》裡，芥川龍之介記錄了五十一個生活片段，當中不乏他精神衰弱時的描寫。

最終，芥川龍之介自殺。每次想起芥川龍之介的死，都會想起他兩句說話。第一句是「我的人生只有兩條路，發瘋或自殺」，而第二句是「決定我們命運的是信仰、遭遇，還有機遇，不幸的是我沒有信仰。」

又想起舅父教我騎單車的情景。最後，我是如何學會騎單車的呢？當時，舅父扶著我的車，放手，他說：「眼睛要望得遠，只有望得遠，才能找到你的平衡」。遠，是什麼？遠，是一個方向，也是信仰的所在。站在芥川龍之介這悲劇英雄的肩膀上，我們要更加明白有所信、所仰之必要，讓我們懷著信仰，戰鬥到底。

江戶川亂步 /

難道就沒有別的更好方法嗎？

我妹妹比我小五歲，我們的性格南轅北轍。我好靜，她好動；我遲鈍，她敏感；我容易因為追不到目標而受打擊，她卻有一項技能：幾乎每一個學年都拿到「最佳進步獎」。她是如何辦到的呢？有一次，我終於忍不住問她，她說「只要在上學期退步一點，就可以」。「哈哈哈哈」，我當場笑了出來，這可能是我人生第一個學到的大道理，進步，不難，知所進退，才是絕活。

當然，你可能會嫌棄我妹妹不是什麼大人物，而你也不好引用她的絕活來啟發自己，那我們還是談一位大作家吧！同樣是知所進退的人物，他就是日本偵探小說之父——江戶川亂步。

江戶川亂步（Ranpo Edogawa，1894-1965），原名平井

太郎，活躍於大正至昭和年間，即其早年是與芥川龍之介同期的作家。江戶川亂步出生在中上家庭，祖父曾經當官，父親從商，母親熱愛藝術，從小在父母溺愛中長大，父母給他閱讀了大量的西方偵探小說，當中便包括江戶川亂步最愛的美國作者愛倫・坡（Edgar Allan Poe，1809-1849）的作品。

年輕時的江戶川亂步一心想到美國升學，可惜好景不常，父親的生意突然轉壞，一家人只好務農維生，而充滿生命力的江戶川亂步即考上了早稻田大學政治經濟學系，成為日本第一代大學生，更是以半工半讀維持學業與幫補家計。後來，江戶川亂步因為兼職太多，而無法順利畢業，只好投身社會。他曾經在舊書店工作，又試過到拉麵店打工，也曾當上編輯、記者、工人、律師樓助理、廣告公司員工，等等等等，總之，沒有一份工作能維持超過一年。他到了人生壯年的三十歲，還是一事無成，好不容易找到愛人結婚，婚後的生活依然窮困，窮到要將家裡的棉被、枕頭賣掉換錢，半生人被迫搬家超過四十次，更為生活所迫，只好搬離城市，與妻子和孩子回鄉下外家生活。

如此一事無成的人，是如何成為日本推理世界的第一人的呢？答案就是江戶川亂步的能屈能伸，而屈比伸，重要。

哪怕生活潦倒，熱愛寫作的江戶川亂步，依然不斷創作，不斷投稿，終於得到一本以翻譯外文偵探小說為主要內容

的雜誌《新青年》的主編賞識，還親自上門拜訪亂步。然而，江戶川亂步之後的成功，不只在於這次初試啼聲，也不只在於他的努力不懈，而在於他一生的三次封筆。

江戶川亂步的第一次封筆在他出道後不久的兩三年間。當時，江戶川亂步以本格派推理小說出道，作品《兩分銅幣》、《D 坂殺人事件》迎來了讀者的愛戴。然而，我們不知道江戶川亂步是力求創新，還是江郎才盡，到了出道第三年的時候，他的作品逐漸偏離「本格派」的路線，故事重點不再放在推理與詭計，而是恐怖、獵奇，甚至情色，這些作品如《人間椅子》、《天花板上的散步者》，雖然得到了不少人的喜愛，但卻惹來本格派忠實讀者的不滿，認為亂步在兩年之間便已背叛本格作風，對亂步狂追猛打，逼得亂步封筆，到了伊東溫泉靜修去了。

第一次封筆，成就了第一次復出。一年後，亂步帶來了《陰獸》，也帶來了巨大的逆轉勝。《陰獸》不單在商業上迎來了大成功，出版社加印了兩次，而藝術上也巧妙地結合了推理與冒險元素，突破了本格與變格之辯，寫成了屬於亂步之風格。

這是江戶川亂步的第一個創作高峰，但就在這全盛的四年時間之後，亂步突然再次宣布封筆，而理由是他懷疑自己再不能寫出更好的作品，懷疑自己失去了寫好長篇小說的方向。在此，亂步在高峰處，正式考慮退出文壇。

當時，另一位著名偵探小說作家橫溝正史（Seishi Yokomizo, 1902-1981）發了一封著名公開信，說亂步的封筆只是出於他的自卑，告誡他不要成為文藝史上的悲劇人物，也預言亂步必然（也必須要）復出。果然，亂步第二次復出，帶來了一系列富有新鮮感的作品，包括《少年偵探團》、《怪盜二十面相》等，受到一眾年輕讀者歡迎。

江戶川亂步每一次封筆，都能夠帶來更好、更成功的新穎作品，而他最後一次封筆是迫於無奈的，那是因為戰爭。在二戰之後，江戶川亂步以另一個身份復出，成為了復興推理小說的推手，提拔新人作家，創辦了推理小說雜誌《寶石》，以及擔任「偵探作家俱樂部」（現日本推理作家協會）第一任會長，並在六十歲大壽時，以自己的存款成立基金會，啟動了影響力持續至今的「江戶川亂步獎」。

在此，江戶川亂步教導了我們在面對自我懷疑時的對策，與其逼自己硬著頭皮上路，其實，我們也可以選擇「暫時」停一停，讓自己找回生命的重點與節奏。

眼見同代作者，如芥川龍之介的遭遇，江戶川亂步曾說：「如果連死的決心都能下的話，難道就沒有別的更好方法嗎？」的確，知所進退，韜光養晦，以等待下一次蓄勢待發，的確不是壞事。

要記得：退，不代表軟弱，只要找到進步的路。

三島由紀夫 /

躊躇一定會把人生包裹起來

關於說謊，有什麼比「不要說謊」更重要的道理呢？

我想，還是有的，而且至少有兩個：第一，不要對過去說謊，意思是不要篡改自己曾經做過的事；第二，不要對自己說謊，即不要自欺欺人。這兩種謊言都可以令人泥足深陷，而當有一天，一個人不想再自欺，而想為過去的謊話作出補償之時，這可以是一次勇氣可嘉的表現，但也可以是一場悲劇，就像三島由紀夫的人生故事。

三島由紀夫（Yukio Mishima，1925-1970），本名平岡公威，作為日本戰後的現代作家，其膾炙人口的作品有《假面的告白》、《潮騷》、《金閣寺》等，均帶有一種對日本古典美的凝視，正如他的筆名「三島由紀夫」，「三

島」是人們乘坐東海道電車，去富士山看雪的必經車站，而「由紀夫」的日文發音讀起來，就像「去吧」的意思，「三島由紀夫」大概就是：去吧，我們到三島，去看日本的美。

三島生在傳統日本武士家庭，由帶有貴族氣息的祖母永井夏子照顧長大。與其說是照顧，實質上更像監禁，祖母因為對三島寄予厚望，所以終日將他關在她自己的房間裡，不讓外人插手指導三島。

祖母永井夏子將整個家族的期望，放在長孫三島由紀夫（當時還是平岡公威）之上，親自安排他的飲食、衣著、教育，甚至是可以結交的朋友。在此，三島的童年被關在祖母養病的房間內，也關上了他自己的內心世界。

作為又一名天才型日本作家，三島由紀夫十六歲時已發表作品，並受到前輩作家川端康成（Yasunari Kawabata，1899-1972）的賞識。這位曾經三次獲提名諾貝爾文學獎的作家，又何以最終以切腹自盡而了結四十五年的人生呢？

川端康成曾說：「如果當初諾貝爾獎不是我得到而是由三島得到，就不會發生這種悲劇」，但我想，三島由紀夫以生命諫國的悲劇，其伏線可能埋得更深更遠，遠至三島的

大學時期。

從高中開始，三島由紀夫的學習時期都在第二次世界大戰的背景下進行，而當他考入東京帝國大學，主修法律後不久，他的大學生活也因為戰爭而被迫停頓。當時，三島由紀夫被國家指派到工廠製造「零式戰鬥機」，即之後「神風特攻隊」用作自殺式攻擊的型號。

這次任務是三島由紀夫第一次與「戰爭」的接觸。如果你以為這樣的經驗，正正促成了三島由紀夫的無私愛國情懷的話，或許是言之尚早。

在戰爭白熱化的階段，三島由紀夫被徵召入伍。當時，只是患了普通感冒而發燒的三島，竟然訛稱自己「發燒了半年，持續咳嗽，而且痰中帶血」。軍醫草率的診斷他患了肺病，准許他解除兵役，即日回鄉。理應病重的三島，之後去哪裡了？在回鄉的路上，三島順路去了一趟大阪，為的是去拜會曾經提攜他的詩人伊東靜雄（Shizuo Ito，1906-1953）。

一個會詐病而逃兵役的人，何以最終成為了因愛國而自盡的狂熱分子呢？這讓我想起三島的一句話，他說：「人的生的本能，在或生或死的情況下，當然是執著生。只是人在想美美地生、美美地死的時候，執著生經常需要覺悟到

是背叛了美。人嘛，美美地死，美美地生是同樣困難的；同樣，徹底醜陋的生、醜陋的死也是困難的。」

我懷疑，三島由紀夫戰後的愛國執著，是一種對自己過去在戰爭時，因「執著生」而變得醜陋之厭惡反饋。我常常幻想，在死亡之際，三島由紀夫會否回憶起當日逃兵役的景象呢？當時的他，有否他所說那「一瞬間的躊躇」呢？

「一瞬間的躊躇，」三島由紀夫說：「往往能使一個人完全改變後來的生活方式。這一瞬間，大概就像一張白紙明顯的摺縫那樣，躊躇一定會把人生包裹起來，原來的紙面變成了紙裡，並且不會再次露於紙面上了。」

以上是三島由紀夫較少被人提及的往事，也是我們較少提醒自己的事：不要跟自己說謊，不要令自己內疚，不要逼自己為了「一瞬間的躊躇」而償還一輩子。

大江健三郎 /

好的對手會讓你越戰越勇

人類是充滿幻想的動物，也是樂觀的動物，所以我們往往會幻想開心的事，又或一件事的開心一面（而無視同一件事或許有糟糕的一面），例如，在沒有房子的戀愛生活中，情侶一同逛傢俬舖，幻想怎樣佈置未來的家，又例如，在未有孩子的時候，我們會幻想未來小孩的性別、樣子，甚至姓名。

曾經，有一個人也在孩子出生前，忽發奇想地想了一個名字，跟自己的母親說：「母親，我已經想好了你孫子的名字，就叫『烏鴉』。大江烏鴉就是你孫子的名字了」。聽罷，未來孫子的祖母便發怒回到自己的房間去了，而這名幻想自己的孩子叫「烏鴉」的人，正正是日本歷史上第二位諾貝爾文學獎得主大江健三郎（Kenzaburo Oe，1935-）。

故事的下半部是這樣的：第二天清晨，當大江健三郎打算出門辦事之際，母親跟他說：「烏鴉這個名字也很好嘛」，而早已因為命名惹惱了母親而後悔的大江健三郎，即表示歉意說：「昨天的事，真是對不起，我把名字改成了光」。

這件事表現出了大江健三郎的幽默作風，同時，也是他的大兒子大江光的命名故事。只是，兒子大江光的出生故事，對於大江健三郎來說，或許不容幽默。

1960 年，二十六歲的大江健三郎，與他的同學，即著名導演伊丹十三之妹伊丹由加理結婚。婚後，有了他們的第一個孩子，正是大江光。當時，大江健三郎早已因為《飼養》而獲得「芥川文學獎」（芥川賞），又在新婚之後迎來弄璋之喜，理應事業家庭兩得意。可惜，在太太生下光之後，他們才知道兒子有先天殘障問題 —— 後腦長了一個肉瘤，嚴重影響他的發育。

大江健三郎的大學畢業論文，題目是《關於沙特小說中的形象》，而他的作品一直強烈折射出卡繆（Albert Camus，1913-1960）的存在主義精神，更明顯有沙特（Jean-Paul Sartre，1905-1980）的理想主義傾向，加上大江健三郎為人之樂觀、風趣、幽默，所以他就可以輕鬆面對孩子的天生殘障，甚至一笑置之嗎？沒有。

在兒子大江光於多次手術後，還是無法根治腦部腫瘤的問題後，大江健三郎承受著極大的痛苦，就像他曾經在訪問中憶述兒時看見釣在魚鈎上的魚，「不斷掙扎，卻不懂呼救」。帶著無法言傳的痛，大江健三郎到了江之島，打算赴水尋死。

大海，喚醒了大江健三郎的存在意志，他想起了自己心愛的妻子，想起了需要他的兒子，想到了這份「痛」的價值，「好的對手會讓你越戰越勇」，而我們永遠的對手只有我們幻想中的恐懼，與痛。

從自己的痛出發，以兒子殘障的事為藍本，大江健三郎寫成了小說《個人的體驗》。「小說中的人物覺得和殘疾兒生活在一起不舒服，」大江健三郎說：「對於故事情節來說，這是必要的，但我從來沒有為此感到焦慮。我想要我的命運。」

大江健三郎正視痛楚，決定選擇活著，重新把握了自己的命運，為著自己定義的存在而存在，藉著書寫《個人的體驗》，他意識到「與智力發育緩慢並患有智障的兒子共同生活下去，就是自己今後的人生」。

「自從患有先天性殘疾的孩子出生以來，我認為很大一部分時間必須用於與光一起生活，」大江健三郎說：「但是

文學，還在繼續。只要我還在從事著文學工作，自己的文學就要表現與兒子的共同生活。於是，文學寫作便與『我和兒子的共生』重疊起來，雙方只能是互相深化的關係」，而到了大江光長大後，他寫成了另一部與大江光有關，充滿陽光的小說《靜靜的生活》。

大江健三郎能夠獲得諾貝爾文學獎，當然是有鑒於他以自由派作家的立場，挑戰所謂傳統文化價值的文學表現，這是大江健三郎文學的力。但，對我來說，大江健三郎文學的吸引，在於文字中的光，照亮所謂的不幸，指導我們學會與不幸共同生活，靜靜生活，漸漸找到幸福。最後，一切都是自己難得的個人體驗。

馬克・吐溫 /
絕不要和愚蠢的人爭論

誤解，是一把刀，往往可以殘忍地削去一個人的善心。

每個人都試過被人誤解：當你一心要做好事的時候，有人會以為你是裝好心；當你還在思考一件事的對錯真偽時，有人會說你是老奸巨猾，企圖看風駛悝；當你為別人打抱不平的時候，有人會說你想搶風頭。被人誤解，我們可以怎麼辦？或者，我們可以參考一下美國諷刺大師馬克・吐溫（Mark Twain，1835-1910）的人生。

在馬克・吐溫四歲那年，他們一家搬到了密蘇里州，並在密西西比河畔的一個港市生活。在此，馬克・吐溫不但找到了他的名著《湯姆歷險記》和《頑童流浪記》的城市原型，更因為當時密蘇里州作為聯邦的奴隸州，而令他從小

接觸奴隸制度，反思當中的問題。

在馬克・吐溫的作品，奴隸制度是他經常探討的主題，哪怕是多麼輕鬆幽默的筆觸，故事底層依然帶著關懷弱者的人文精神。然而，這個人文主義的底層往往不見人前，而人們著眼的是那表面上充斥大量（以當代觀念來說）政治不正確，甚至帶有歧視成分的用語，例如「黑鬼」。因此，從過去，以至現在，馬克・吐溫往往被人誤會是歧視有色人種的美國作家，但在我看來，事實恰恰相反。

馬克・吐溫曾經寫了一篇充滿爭議性，並在我看來高度被誤解的小說，題為《對一個小孩的不妥迫害》（*Disgraceful Persecution of a Boy*）。故事講述一名美國白人男孩，從小聽到不少大人對華人的歧視言論，說他們骯髒、古怪云云，也知道了很多當時（即十九世紀末）美國白人對在美華人的暴力行為。

有一天，白人男孩問爸爸：「我什麼時候才算長大呢？」爸爸看了看他，慈祥的笑說：「你現在就長大了啊！」然後，男孩又問：「那麼我就可以開始負起我的社會責任了嗎？」聽罷，爸爸欣慰的回答：「你會覺得長大了就要負起社會責任，你真的是一個好公民呢！」

那天，白人男孩便找來了幾個朋友，急不及待的去「負起

社會責任」，到街上找來了一個華人孩子，然後將他狠狠揍了一頓。

我們，當然不會認為這故事有多少幽默，或可笑之處，甚至就此認為馬克‧吐溫歧視中國人。可是，這正是讀諷刺小說的困難所在，馬克‧吐溫完美示範了寫作諷刺小說的誤讀風險。

事實上，馬克‧吐溫一生致力於推動人生而平等的概念，尤其在十九世紀七十年代全美一片排華情緒中，他鼓吹美國人應該重視在美華人的人權與尊嚴，而以上提及的故事是改寫自他在少年時遇到的一次事件。

當時，馬克‧吐溫在舊金山的街頭，看到一群白人青年無緣無故的欺凌一個華人，而旁邊站著一名警察，卻正在無動於衷的冷眼旁觀。馬克‧吐溫認為此事荒謬至極，將過程寫成報導文章，卻找不到任何地方願意發表。事隔多年，馬克‧吐溫決定將此事轉化寫成了一篇諷刺小說，好讓事件可以公諸於世。

《對一個小孩的不妥迫害》的故事結局，與事實剛好相反，是有一名目睹白人男孩惡行的警察，將他們抓到警察局，並處以懲罰。心思不夠細膩的讀者，或許會以為這「懲罰」正正回應小說題目的「對一個小孩的不妥迫害」，

好像是說「這是對一個白人小孩的不妥迫害」，但只要我們回到馬克‧吐溫的立場與經歷，不難明白這不過又是他的諷刺手法：題目中的「小孩」，其實是指那被白人追打的華人小孩。

1910 年 4 月 21 日，馬克‧吐溫因心臟病發離世。死前，一生經歷了各種大大小小給人誤解的他，千叮萬囑後人只能在一百年後才公開他的自傳，並警告說「我的後代如果膽敢提前出版（自傳），他們勢必會給活活燒死。」

為什麼馬克‧吐溫會有這般想法呢？在此，請記得馬克‧吐溫的名言「絕不要和愚蠢的人爭論，愚蠢的人會把你拖到他們一樣的水平，然後回擊你」。當我們要對付人們的流言蜚語，相比於自辯，相比於激動，更有效的工具是時間，讓時間證明自己的清白好了。

歐 · 亨利 /

人生是含淚的微笑

2

我是歐·亨利（O. Henry，1862-1910）的忠實讀者。在我心情低落，或缺乏文思之時，閱讀歐·亨利的故事往往可以拯救我。有一些同樣熱愛文學的朋友，曾經為他而與我爭辯，他們認為歐·亨利的敘事手法過時，情節流於堆砌，結構過於工整，而著名的「歐·亨利式結尾」，即那總是「出乎意料之外而又合乎情理之內」的結尾，更是我這些朋友最為厭惡的，並視之為俗套。

我能夠理解這些朋友對歐·亨利的評價，但對於「歐·亨利式結尾」的本質，我還是想多說一點，未必關乎文學，卻肯定有關生活。

的確，「歐·亨利式結尾」是歐·亨利活用幽默、雙關

語，以及笑話產生之成果，但要明白「歐・亨利式結尾」的本質，我們要理解一下歐・亨利曾經面對的殘酷世界。

歐・亨利，本名威廉・波特，雖然說是出身於一個醫生家庭，但他的父親卻是一名酗酒的醫生，家中永無寧日，經濟條件也很差，導致歐・亨利在高中時就被迫輟學，輾轉又回到了家族的本行，在叔叔的藥店當學徒，學到了配藥的知識，但他卻一心想當一名畫家。

後來，歐・亨利到了西部，短暫地當上了牧人。期間，他從移民身上學會了一點西班牙語和德語，以及各種風土人情，而更重要的是，歐・亨利在這裡遇到了他一生最愛的妻子阿索爾。

當時，歐・亨利遇上十七歲的阿索爾，二人兩情相悅，私定終身。在阿索爾中學畢業的晚上，阿索爾瞞著家人，與歐・亨利找上了牧師的家，要求牧師為他們證婚，從此阿索爾跟隨歐・亨利的本姓，成為了阿索爾・波特。順帶一提，從此，阿索爾的母親因為太生氣，就再沒有去那位牧師的教堂了。

沒有阿索爾，大概就沒有歐・亨利。沒有阿索爾的鼓勵，一生從事過十多樣工種的歐・亨利根本不會真的當上作家，也不會在他結婚那一年在《底特律自由報刊與真

實》上發表作品。

可惜，歐・亨利的人生，正如他寫於小說《麥琪的禮物》的一句話：「人生是由啜泣、抽噎、微笑組成，而抽噎佔了其中絕大部分」。什麼是抽噎？就是哭泣得一吸一頓的樣子，哭得上氣不接下氣。在歐・亨利剛剛踏上作家的軌道時，發生了兩件事：一，歐・亨利被控在任銀行出納員期間盜用公款；二，在歐・亨利被傳訊、逃亡、關押的過程中，阿索爾患上了肺結核，並在一年之後，即 1897 年病逝。

1898 年，歐・亨利在銀行帳目案中被判有罪，被判五年有期徒刑。他在俄亥俄州哥倫布的聯邦監獄服刑。在服刑期間，歐・亨利因為具備專業知識而當上了獄中的藥劑師，但收入不足以支持自己與女兒的生活。因此，歐・亨利拾起妻子生前鼓勵他的那一枝筆桿，寫起短篇小說。

說了歐・亨利半生的故事，這跟「歐・亨利式結尾」有什麼關係呢？

在那可能是他最著名的小說《最後一片樹葉》中，歐・亨利寫道：「為生命畫一片樹葉，只要心存相信，總有奇蹟發生，雖然希望渺茫，但它永存人世」。歐・亨利以「歐・亨利式結尾」為生命寫下這樣的故事結局：窮人可

以有希望，好人會有好報，命運充滿奇遇⋯⋯

乍看之下，「歐・亨利式結尾」極盡風趣幽默之能事，但在歐・亨利下筆之時，他卻沒有風趣幽默的本錢，他正在經歷人間的殘酷與痛苦。因此，「歐・亨利式結尾」是一種選擇，是一種對文學的選擇，也是一種對生命的選擇。

最後，我沒有「歐・亨利式結尾」，卻想抄下歐・亨利的一句話：「我們最後變成什麼樣，並不取決於我們選擇了哪條道路，而是取決於我們的內心」，無論如何，要保持我們的內心。

卡爾維諾 /

放棄一切比人們想像的要容易

在小說《分成兩半的子爵》，卡爾維諾（Italo Calvino，1923-1985）寫道：「有時一個人自認不完整，只是他還年輕」，而有趣的是這句話大概是寫給不再自覺年輕的人。

我一般以為一個人能夠自認不完整，自認有缺陷，是成熟的表現，但卡爾維諾說「只是他還年輕」，而如果成熟的人都知道自己不可能完整，那麼，我們還應該追求什麼，堅持什麼，好讓自己變得完整呢？卡爾維諾的人生及其作品，彷彿都給以上這些問題提供了一個答案，哪怕這答案未必完整。

卡爾維諾的人生，就像他的名字，一輩子離不開他的國家 —— 意大利。1923 年，卡爾維諾在古巴出生，母親怕

卡爾維諾會因為在異地出生、異地長大，而忘了祖國，故此以「Italo」（意大利）作為卡爾維諾的名字，而母親萬萬想不到的是長大後的卡爾維諾，除了成為了偉大的意大利國寶級作家，竟然也成為了一名狂熱的「愛國者」。

卡爾維諾的「愛國」，是完全以生命投入進去的，而他所愛的「國」，是「意大利」，而非某一政權。在第二次世界大戰期間，卡爾維諾便參加了意大利抵抗組織，抗擊納粹德軍，更不惜連累父母成為了敵軍人質，他亦試過加入游擊隊，追擊當時的意大利墨索里尼政權。

在游擊隊的經驗，讓卡爾維諾寫成了一系列與此有關的早期作品，包括小說《蛛巢小徑》，以及短篇小說集《亞當，午後和其他故事》，但真正主宰卡爾維諾心思的始終是宏大的政治意識形態。

戰後，卡爾維諾加入意大利共產黨。定居都靈的卡爾維諾，除了修讀了文學士，還為意大利共產黨機關刊物撰文，以及在相關出版社工作。後來，卡爾維諾更與好友一起編輯了一本左翼雜誌。

如果「一個人自認不完整，只是他還年輕」，那麼，當時的卡爾維諾大概還年輕，因為有一天，他忽然看見自己的「不完整」，驚覺心中美好的共產主義政權之「不完整」。

「放棄一切比人們想像的要容易些，困難在於開始。」卡爾維諾寫道：「一旦你放棄了某種你原以為是根本的東西，你就會發現你還可以放棄其他東西，以後又有許多其他東西可以放棄」，而卡爾維諾的政治生活，迫使他直視自己應該放棄什麼，然後甚至要放棄更多什麼。

1952 年，卡爾維諾在報紙上發表了他到蘇聯參觀後的遊記，按他自己的說法，他「幾乎只記載了對日常生活最細微的觀察，安心、踏實，無關時間，無關政治。不以崇高雄偉的角度來介紹蘇聯，我以為是創新。而我所犯的史太林主義的錯誤正是這個：為保護我自己免受不認識、隱隱約約意識到的，但不願為之正名的事實的傷害，我以非官方語言為表面上的寧靜、笑容可掬，實際殘忍、緊繃、暴虐的官方虛偽做了幫兇。史太林主義是一張甜美、良善的面具，掩飾進行中的歷史悲劇」。

四年之後，即 1956 年，蘇聯共產黨召開了第二十次代表大會，終於令卡爾維諾無法迴避心中的「不完整」，卡爾維諾寫道：「當時的意共都是精神分裂病患。沒錯，就是這個字眼。我們一半已經是，或希望是事實的見證人，是為弱者及被欺壓者伸張正義的復仇者，對抗一切強暴，維護正義；另一半以信仰之名，振振有詞為所犯錯誤、橫行逆施的史太林辯解。精神分裂，雙重人格。」

在此，卡爾維諾明白了自己的不完整，也明白了這不完整的原因，因此，他作出了選擇。選擇，總是關乎堅持，以及放棄。於是，我們明白卡爾維諾的一課：「有時一個人自認不完整，只是他還年輕」，而「一旦你放棄了某種你原以為是根本的東西，你就會發現你還可以放棄其他東西」。

那麼，我們就真的會放棄一切嗎？

不會的，因為當我們真的成熟，我們會明白「不完整」的「完整」，我們會找到放棄一切後的得著，並清楚知道我們應有的堅持，正如卡爾維諾說的：「我經歷的一切往事都證明這樣一個結論：一個人只有一次生命，統一的、一致的生命，就像一張毛氈，毛都壓在一起了，不能分離。過去的一切生活，最後都要連接成一個整體的生活，連接成我現在在這裡的生活。」

E.M. 福斯特 /

我們無法辨別我們的秘密，
是重要，還是不重要

4

如果你想找一本以英國人生活為題材，幽默而不失批判，且文筆細膩的作品，我會跟你推薦近代英國小說家 E.M. 福斯特（Edward Morgan Forster，1879-1970）的作品。

福斯特擅長將不同社會階層的生活與價值，以及人與人之間的各種糾結與矛盾，寫進曲折的故事裡，文字行雲流水，又善用象徵符號，既令讀者不時會心微笑，又會有片刻的停頓反思，例如他的第一本小說《天使裏足之處》批評英國中產階級的宗教道德觀念，又例如我喜愛的《窗外有藍天》以喜劇手法，假藉描寫低下階層的各種生活風光，實質上指出當中的種種愚蠢而荒謬的假道學。

Forster

但，福斯特的小說，卻不會只停留在極盡挖苦諷刺之能事後便作罷，在他以帶有喜感的方式指出社會陋習以後，福斯特總是給故事一個美好的結局 —— 一個以愛與關懷來解決矛盾的結局。

這樣的故事安排，有人讀來得到慰藉，有人讀來覺得是另一種虛情假意，但無論如何，都不能否認這正是福斯特的人文主義精神，只是各有喜惡而已。那麼，我們將要在福斯特的人生課中，學會怎樣散發叫人充滿暖意的愛嗎？恰恰相反，我想談福斯特，是有關秘密，和保守秘密。

福斯特的小說寫實，而他的人生卻走在似是而非的秘密之間。1897 年，福斯特入讀劍橋大學國王學院，並加入了陰謀論界的一個著名組織「劍橋使徒」。「劍橋使徒」，正名為「劍橋交談俱樂部」，它跟其他受到陰謀論界聚焦的團體一樣，它既理應神秘，但又眾所周知。

「劍橋使徒」早於 1820 年成立，最初聲稱是一個辯論俱樂部，因為始祖成員有十二人故得名謂「劍橋使徒」。「劍橋使徒」的神秘，不單在於他們會秘密會面討論哲學、神學，以至神秘學的話題，更在於其在歷史上誕生了在第二次世界大戰期間，作為英國和蘇聯之間的五個雙重間諜，即「劍橋五傑」。

福斯特不單是神秘組織「劍橋使徒」的要員，更從二十世紀一〇年代開始，參與另一個半公開的文藝組織，即著名的「布盧姆茨伯里派」。布盧姆茨伯里派成立於1904年，以英國倫敦布盧姆伯里地區為活動範圍而得名，歷來成員包括伍爾芙（Virginia Woolf，1882-1941）、克里夫・貝爾（Clive Bell，1881-1964），以及經濟學家凱恩斯（John Maynard Keynes，1883-1946），等等。布盧姆茨伯里派高舉愛與關懷的旗幟，與福斯特的人文主義立場一致，同時兩者帶著「愛與同情」的外表，又有一層薄薄的神秘面紗。

走筆至此，福斯特不過是徘徊於神秘組織，而他又確實有什麼秘密呢？福斯特幾乎花了一輩子的時間，保守他是同性戀者的身份，直至在他過世後的 1971 年，半自傳小說《墨利斯的情人》出版後才解開這個秘密。

早於十七歲時，福斯特已經肯定了自己的性取向，他喜歡上了一名修讀拉丁文的印度穆斯林學生，卻沒有大膽求愛，只維持著一種帶有曖昧的浪漫友誼。當時的福斯特知道他必須要將此秘密藏於心底，因為就在前一年，即他十六歲那年，他在報紙上讀到了有關審判王爾德的新聞報導。

在《窗外有藍天》，福斯特寫道：「保密，有它不利的這

一面：我們喪失了對事物的分寸感，我們無法辨別我們的秘密是重要，還是不重要」，而當我們無法辨別我們的秘密，是重要還是不重要時，我們被迫作出的選擇，就是保密一切。

到了晚年，福斯特與一名有婦之夫保持著長久的感情關係，他們在四十多歲時相識，然後一直維持著親密關係，直至福斯特到了人生最後的一刻，他還是身在這位伴侶的家中，面對他所說的「人的生命從一種他已忘卻的經驗開始，又以一種他要親自參與卻無法理解的經驗終結」。

有人會以此事作為茶餘飯後的八卦，但我肯定，福斯特的秘密就像他筆下的故事，貌似是個人的尷尬事，卻是整個社會應當面對的慚愧事。社會的壓力，迫使福斯特守下第一個秘密，因為第一個秘密，迫使福斯特守下更多的秘密，甚至習慣與秘密同活。如果你也有著同樣的煩惱，請不要自責，我們可以忠於自己，同時快樂地守我們的秘密，尤其在無可奈何之時。

奧爾德斯・赫胥黎 /

人生只受自己習慣思想的恐嚇

我們都知道所謂「反烏托邦三部曲」，即歐威爾（George Orwell，1903-1950）的《一九八四》、薩米爾欽（Yevgeny Zamyatin，1884-1937）的《我們》、奧爾德斯・赫胥黎（Aldous Leonard Huxley，1894-1963）的《美麗新世界》。當中，歐威爾與《一九八四》是最多人認識的，薩米爾欽《我們》是最難閱讀的，而奧爾德斯・赫胥黎《美麗新世界》是我最喜歡的。

我喜歡《美麗新世界》的原因，除了因為書中各種有趣的科技想像，如睡眠學習、心理操控等等，其實也不得不承認是因為我對奧爾德斯・赫胥黎本人的興趣，他的人生故事有點古怪，帶點吸引。

奧爾德斯·赫胥黎出生於著名的英格蘭「赫胥黎家族」，家族成員顯赫，遍布科學、醫學、文藝各領域，例如奧爾德斯·赫胥黎本人是著名作家，祖父湯瑪斯·亨利·赫胥黎是有「達爾文的鬥牛犬」之稱的演化論生物學家，哥哥朱利安·赫胥黎是聯合國教科文組織首任總幹事，弟弟安德魯·赫胥黎則是諾貝爾生理或醫學獎得主。

在如此卓越的家庭中長大，奧爾德斯·赫胥黎同樣從小表現出眾，在兒時於父親的植物學實驗室學習後，輾轉進入了名校伊頓公學。然而，在 1911 年，影響了他一生的重大事件發生：他患上了令他幾乎失明的角膜炎。

這一場嚴重的眼部感染，導致赫胥黎的角膜留下永久性的傷害，「短暫」失明了三年。樂觀地看，這事讓他免於走上第一次世界大戰的前線，而從他個人的觀點看，卻是完全毀掉了成為醫生的夢想。後來，赫胥黎的視力逐漸恢復，進入了牛津大學主修英國文學，並在 1916 年以一級榮譽畢業。

然而，視力問題從沒有離開過赫胥黎的生活，並一直影響他的必須要大量閱讀的作家事業。在 1939 年，赫胥黎在一位老師的教導下，接觸到聲稱可以改善視力的「貝茨方法」，更一試便靈，宣稱這是他二十五年來第一次可以不靠眼鏡且不感疲累的閱讀。從此，赫胥黎成為了「貝茨方

法」最重要的背書人。

讓我談一談這個「貝茨方法」。貝茨，即威廉‧貝茨醫生，乃是美國醫學界其中一位最著名的怪醫。貝茨醫生本是紐約市眼耳鼻喉科專家，他在 1920 年自費出版了一本書，名為《不用眼鏡治療視力缺陷》。據說，在書的首頁，有一位到了六十七歲還是不用戴眼鏡的牧師，以個人經歷支持貝茨醫生的「眼球調節理論」。

什麼是「眼球調節理論」呢？貝茨醫生認為，一個人可以控制對不同距離物件的注視而調節眼球，而眼球調節焦點是與眼球的總長度有關云云。我沒有完全明白貝茨醫生的說法，反正他的說法不受當代解剖學的認同，但出身於生物學世家的赫胥黎，卻深信不疑。

1942 年，這位大名鼎鼎的作家奧爾德斯‧赫胥黎，寫下了一本暢銷書，跟反烏托邦無關，也不是小說，而是一本現身說法的醫療工具書，書名《目視的藝術》。赫胥黎結合了貝茨醫生的說法，加入自己的構想，提出了令人匪夷所思的視力改善方法，包括玩雜耍、擲骰子，以及玩多米諾骨牌。

在《目視的藝術》裡，最有趣（也是最多人恥笑）的改善視力方法，莫過於「鼻寫法」。赫胥黎說，讓我們合上眼

睛，想像自己的鼻子伸長到八英寸，然後幻想鼻子成為了一支鉛筆，憑空簽自己的名字。赫胥黎寫道：「用鼻子寫一會兒字，然後作幾分鐘手掌撫摩」能夠有效改善視力，這讓我想起老人家晨早在公園做的「甩手操」，這樣的方法真的有效嗎？

至少，這對奧爾德斯‧赫胥黎有效。讓我們暫且先放下現代醫學的理性，也放下我們對此說感到無稽的常識，赫胥黎所相信的《目視的藝術》理論的確支撐著他繼續活用眼睛生活的動力。

「人生不是受環境的支配，只受自己習慣思想的恐嚇。」赫胥黎寫道：「我要做的是叫我的願望符合事實，而不是試圖讓事實與我的願望調和。」與其說赫胥黎的視力改善法是醫學，或是科學，倒不如說這是令他對抗失明的恐懼，符合他願望的一種信仰。

哈羅德・品特 / 事情不必要是對或錯

根據基督教的說法，人類的原罪來自於亞當與夏娃漠視了上帝的禁令，偷吃了「分辨善惡樹」的果子，而被逐出伊甸園。關於這個原罪故事的爭論，例如全能的上帝為何要在伊甸園埋下人類必然會犯下的罪，我們暫且不談，我有興趣探討的是：究竟，亞當與夏娃最大的罪過是什麼呢？

小時候，我們都聽老師或傳道人說，亞當與夏娃所犯的罪是犯禁的罪，因為他們沒有遵守上帝的命令。這說法大概是信仰中的道理，但當我漸漸長大，忽然想到亞當與夏娃最大的罪過，其實可能是吃了「分辨善惡樹」的果子本身，我的意思是：當人們真的以為可以分辨出善或惡、是或非，這才是我們最大的缺陷。畢竟世事總是如哈羅德・品特（Harold Pinter，1930-2008）所言：「事情不必

要是對或錯，也可以是既對又錯」。

哈羅德‧品特是近代英國國寶級劇作家，並於 2005 年獲得諾貝爾文學獎，官方獲獎理由是「他的戲劇發現了在日常廢話掩蓋下的驚心動魄之處，並強行打開了壓抑者關閉的房間」，簡言之，品特的劇作簡約，卻震撼，能夠撼動人們自以為是的偽常識、假道學。

從《生日派對》到 1960 年的成名作《看門人》，以至《回鄉》，品特的故事總是在荒誕的格局下展示角色令人費解的行為和選擇，從而讓人反思現實的不幸和可笑。加上後來漸漸形成的所謂「品特風格」（Pinteresque），令敘事手法變得多樣而富有實驗性，例如《風景》裡反映夫妻感情危機以及各自孤獨的「內心獨白」，以及《歸於塵土》裡獨特的「創傷敘事」等等，均有力地支持哈羅德‧品特成為一代大師。

但，哈羅德‧品特其人，及其作品又如何教育我們關於人生的課呢？

「現代戲劇的主要任務不是塑造人物，」哈羅德‧品特寫道：「劇作家沒有權力深入劇中人物的內心深處，妄想誘導觀眾通過其塑造的人物的眼睛去觀察外界事物，劇作家在劇中能夠給予觀眾的，只是他自己對某一特定場景的外

烏鴉與光

117

觀和模式、對隨著劇情不斷變化的事物的一種印象，以及他本人對這個奇妙的、變幻的戲劇世界的一種神秘感覺」。

以上這段引文本身就帶了「品特風格」的神秘感，簡單一點來說，哈羅德‧品特放棄了創作人至高無上的詮釋權，不再以劇作指指點點世界應該怎樣運作，而讓一切荒誕以剝洋蔥的方式，展示於觀眾之前，既是一層又一層的打開，更是能夠刺激出眼淚的即場感。

踏入七十年代，哈羅德‧品特的事業有了一個轉向，他加入了國立皇家劇院。從此，品特的劇作變得更加精簡，更加銳利，並以批評強權壓迫為主要命題。無論劇場內外，品特都顯示出其明顯的左翼立場，抨擊一切侵犯人權、有違公義的社會事件。

品特的激烈立場，有人愛，有人恨，但無論別人愛或恨，他繼續堅持自己的立場，並以必然要讓大家留意到的方式宣示之。在 1985 年，品特跟隨另一位美國大劇作家亞瑟‧米勒（Arthur Asher Miller，1915-2005）訪問土耳其。這次訪問讓品特親身接觸到許多受到政治壓迫的受害者。

到了這次訪問之旅的尾聲，美國大使館為了感謝遠道而來的亞瑟‧米勒，舉行了一場致敬宴會。在場的品特無視宴

會的氣氛與主題，大肆複述一位受害者的生殖器官遭受電擊的場面，最後被「請離」現場。

究竟，品特的舉動是對，還是錯？正如他所說，事情「可以是既對又錯」，錯在沒有禮貌，但對在價值判斷，而更重要的是：當品特被迫離場之時，宴會的主角亞瑟・米勒與他一同離開，以示支持。可以肯定，這對朋友可以結交，肯定是對的。

E.B. 懷特 /

通過幫助你，也許可以
提升一點生命的價值

27

有嘗試改善英語寫作的人，都會認識一本書，書名《英文寫作指南》，又名《風格的要素》。顧名思義，此書指導大家書寫的方法，提倡一種基本的寫作風格，書中簡單直接地提出了八個基本規則（而「簡單直接」就是其中之一，又可說，本句補充便違反了基本原則）、十個創作規則，以及若干注意事項。

這一本薄薄的書，由我大學時期的英語老師推薦，讓我受用至今，而我後知後覺，看著封面上那銀底桃紅字，並與書名字型一樣大的作者名字多年以後，才意識到此書的第二作者，即 E.B. 懷特（Elwyn Brooks White，1899-1985），正正是著名童書《夏洛特的網》的作者。

E.B. 懷特出生於十九世紀最後一年的美國紐約，與五位兄姊一同成長。當大家寫到這位近代名作家的生平，往往會寫到：E.B 懷特自 1925 年，即他二十多歲起，便為著名權威雜誌《紐約客》撰稿，五十年來幾乎沒有間斷。然而，在我看來，更嚴謹的寫法是：E.B. 懷特是令這本於 1925 年成立的雜誌《紐約客》變成權威的其中一位主要作者。

懷特的兒童文學作品甚豐，《小不點司圖爾特》、《夏洛特的網》、《天鵝的喇叭》，幾乎本本經典。但，在此之前，一位殿堂級文藝雜誌的最早撰稿人，又是如何會寫上兒童文學這非一般嚴肅文學的類型呢？這或許要從懷特的個性說起。

「作家是一個被神話化的概念，書才是關鍵。」懷特曾經這樣說道，而他也因此總是躲在書的背後，讓自己的書與文字替自己說話。懷特不喜歡拋頭露面，在紐約出生，卻在成名後搬到緬因州的鄉下地區，而他接待得最多的人，就是家人。

家人，從來都是懷特至關重要的生活元素，他是五位兄姊的弟弟，而在他二十歲時，每次家庭聚會便有多達十八個後輩會叫他「叔叔」，當中有姪子、姪女、外甥、外甥女，而這位懷特叔叔總是負責給孩子們說故事。如果你有

在大家庭成長的經驗，你一定知道那一位願意說故事的長輩，從來都會是孩子們最喜愛親近的對象，更何況懷特叔叔是一位作家。

懷特性格內斂謙卑，怕自己即興之作未及水準，擔心辜負了孩子們的期望，於是便在每次家庭聚會之前，甚至於平常日子，預先寫好一些要說的故事，並將故事素材儲起放在一個抽屜裡，以備不時之需。

後來，懷特的太太也在《紐約客》執筆寫童書書評專欄，懷特開時在家裡讀著每個月上百本寄來家中的童書，總覺得這些書讀來迂腐乏味，充斥孩子們聽不懂的所謂道理。後來，懷特收到了一封讀者來信，建議他：何不自己動手寫一本以兒童的視角出發，寫給兒童的兒童故事呢？

這個念頭種在懷特心裡，但這個故事的下一頁是第二次世界大戰。二戰爆發，大大擾亂了懷特的思緒，而他亦在戰爭期間受到《紐約客》創辦人的請求，與妻子回到紐約坐鎮雜誌社。

回到紐約的懷特，全程投入工作，但精神健康每況愈下。在那世界崩壞的時代，懷特深信自己的精神敵不過殘酷的現實，他懷疑自己會精神崩潰，甚至就此發瘋死掉。因此，懷特決定要為那個時代的孩子留下一點什麼，也要給

妻子與家庭留下一份保障，保障他們未來的生活，而身為作家的他，可以做的就是寫作。

兩個月後，懷特寫成了《小不點司圖爾特》，時為 1945 年，同年，大戰結束。

「我們人人都曾有過純真，只是長大後就喪失了。」懷特如是說，而他以《小不點司圖爾特》鼓勵孩童保持這一份純真，甚至純真的相信書中所說人類母親居然會生出一隻老鼠，名叫「小不點司圖爾特」。

《小不點司圖爾特》大受歡迎，尤其是受到兒童的愛戴，而這一份成功也振作了懷特的精神，助他走出黑暗時期。這讓我想到懷特寫在《夏洛特的網》中的一段話：

「我為你結網，因為喜歡你。再說，生命到底是什麼呢？我們出生，我們活上一陣子，死去。一隻蜘蛛，一生只忙著捕捉和吃蒼蠅是毫無意義的，通過幫助你，也許可以提升一點我生命的價值。誰都知道人活著該做一點有意義的事。」

懷特寫了一本書幫助大家？這本書，卻回來幫助了他。

聶魯達 /

你從遠處聆聽我，我的聲音卻無法觸及你

你小時候有跟我一樣製作過葉脈書籤嗎？葉脈書籤，是我兒時的其中一樣開心大發現，先將樹葉放在水裡泡兩天，使葉片腐爛，再用鹼水慢煮，然後一邊用牙刷輕輕戳打，一邊用清水沖洗葉面，直至完整的葉脈展現，一張葉脈書籤就此大功告成。

我這樣介紹起來，說得像一個葉脈書籤專家，事實上，以上提到的步驟全由母親代勞。無論如何，我喜歡葉脈書籤，也曾經收存不少，然後有一天，我忽然想到葉脈可以留下來，是因為它比葉肉堅韌，葉脈平時不易察覺，卻在破爛中留下來了，這讓我想起智利詩人聶魯達（Pablo Neruda，1904-1973）的一句詩：「當華美的葉片落盡，生命的脈絡歷歷可見」。

聶魯達在智利中部的一個小鎮出生，父親是鐵路工人，生母是一名小學教師，在聶魯達出生後不久便因肺病去世，後來，父親續弦，繼母倒與聶魯達相處融洽。聶魯達就在這樣一個勞工階層的家庭長大，十歲那年，他開始寫詩，六十七歲那年，獲得諾貝爾文學獎。

在聶魯達的文學人生裡，有兩個至關重要的人。一位是他的啟蒙老師，詩人加夫列拉・米斯特拉爾（Gabriela Mistral，1889-1957），另一位是同輩的西班牙天才詩人羅卡（Federico García Lorca，1898-1936），而聶魯達與羅卡的故事，有血有淚，實實在在讓「生命的脈絡歷歷可見」。

在 1933 年 10 月 13 日的晚上，二十九歲的聶魯達遇上了三十五歲的羅卡。當日，羅卡來到布宜諾斯艾利斯，出席他的戲劇《血婚》於阿根廷的第一次公演，並在晚上參與了一場於一位阿根廷作家家中辦的宴會。在此，聶魯達在朋友的介紹下認識了羅卡，而他們尚未知道彼此將是一輩子的摯友。

聶魯達與羅卡的投契，可能根源於大家都有一位反對自己作詩，又值得尊重的為他們供書教學的父親（話說，「聶魯達」這名字正是他為了避開父親的耳目而改下的筆名，由來是一位聶魯達仰慕的捷克詩人的姓氏），又可能來自

於他倆各自孤僻的性格，但最有可能的，應該是他們對於詩的美學之一致。

在羅卡的詩集《吉卜賽民謠》中，我們會讀到「獻給我親愛的巴勃羅，我有幸愛上並了解的最偉大詩人之一」。巴勃羅是誰？當然，正是巴勃羅·聶魯達，而聶魯達對羅卡詩作的熱愛，同樣是街知巷聞，也造就了不少趣事，例如聶魯達總是要在羅卡面前朗誦羅卡的詩句，喋喋不休，直至羅卡忍不住喊停他，方可罷休。

又有一次，時為 1933 年 10 月 28 日，聶魯達與羅卡二人一同出席在布宜諾斯艾利斯舉行的一場筆會，那聚會旨在表揚尼加拉瓜現代主義詩人魯本·達里歐（Rubén Darío，1867-1916）。在會上，聶魯達與羅卡的讀詩表演，震驚現場，他們一同站立，並以「鬥牛勇士與公牛對峙」之狀，輪流朗讀詩句，成為文壇一時佳話。

一年之後，聶魯達與羅卡迎來了他們一次紙筆上的合作，聶魯達作詩，羅卡作畫。羅卡為聶魯達的詩作，畫了十幅鋼筆畫，並製作成手工作品。這作品收錄的其中一首詩是《唯有死亡》：「死亡靠近響聲／像無腳的鞋，像無聲的衣裳／它敲門的指環不鑲寶石，也沒有手指／它呼喊卻無口無舌無喉／然而它的腳步發出聲音／它的衣裳發出聲音，像啞的樹／我不知道，我不認識，我幾乎看不見」。

那時，聶魯達沒有想到，詩作居然一語成讖，預示了自己看不見摯友羅卡的死亡。

羅卡的死是非自然的。1936 年，西班牙內戰爆發，羅卡前往支持第二共和國的民主政府，反對法西斯主義叛軍，最終被佛朗哥的軍隊殘忍殺害，羅卡的屍體草草地被棄置在一個廢棄的墓穴。

在此，面對摯友的死亡，聶魯達怎麼辦呢？

這是聶魯達生命的轉捩點，從此，他不再只是一位詩人，他更是投身政治的活躍分子，他以餘下的一生續寫朋友的生命，他投身民主運動，他協助大量西班牙移民前往智利，他以詩作鼓勵對抗法西斯的軍隊，他，成為了羅卡口中「那些熱愛和享有自由的人們」。

「你從遠處聆聽我，我的聲音卻無法觸及你」，聶魯達如此寫道。或許，沒有羅卡的死亡，沒有這樣的殘酷，便造就不了日後的聶魯達，又或者，羅卡早已活在聶魯達的生命裡，成為了聶魯達生命的脈絡，像書籤上的葉脈，怎樣沖洗也沖不走，沖不掉。

約 翰 · 史 坦 貝 克 /

當 我 們 獲 得 安 寧 時 , 我 們 就 會 恨 它

憤怒是人性。沒有憤怒,伊底帕斯不會親手殺害自己的生父,一輩子背負弒父之名。沒有憤怒,李爾王便不會貿然取消了寇蒂莉亞的繼承權,也就沒有之後的悲劇了。因此,我們時常聽到一說,說憤怒起於愚昧,終於失敗與悔恨。

但,我們不得不知,當憤怒來自於對真理的追求時,憤怒是合乎公義的,正如亞里士多德對「憤怒」的定義,憤怒是「我們在乎的事物或人受到傷害而產生的一種反應,而且我們相信這種傷害是錯誤的。」在此,我們要明白憤怒的緣起,以及表達憤怒的方法,並可請教於美國作家約翰·史坦貝克(John Steinbeck ,1902-1968),其人及其作品。

約翰·史坦貝克是近代美國小說家，更是 1962 年的諾貝爾文學獎得主，而他最著名的兩部作品均與憤怒有關，即《人鼠之間》與《憤怒的葡萄》。

《人鼠之間》本是一部短篇小說，後來多次改編成舞台劇演出，故事背景是二十世紀三十年代經歷了經濟大蕭條的美國，講述兩個生活困乏的農工，一位是聰明的彌爾頓，另一位是笨拙的斯默，相依為命又帶著夢想穿越加州到達他們的目的地。在此，他們拚搏、努力、求生，最終卻在一個意外接著另一個意外的命運驅使下，邁向悲劇的結局：彌爾頓為了避免斯默遭受凌辱，唯有親手了結朋友的生命。

有說《人鼠之間》是一部探討友誼的小說，我不反對，但我更認為，《人鼠之間》之所以扣人心弦，在於那一股迫使彌爾頓殺死斯默的無力感，更在於那一股視人命與鼠命無異的時代壓迫感。面對如此的無力與壓迫，讀者要麼嘔吐，要麼憤怒，而史坦貝克在兩年後的另一部作品《憤怒的葡萄》，更會使人憤怒至嘔吐。

《憤怒的葡萄》同樣以美國經濟大蕭條為背景，同樣是書寫農民的苦況，但行文更具歷史觀，且充滿了對當時現狀的批判，故事講述從監獄假釋回家的主角，見到家鄉因為沙塵暴而造成的滿目瘡痍，便陪伴家人離鄉別井去加州尋

找機會，卻發現這個想像中的樂土，充滿剝削、暴力、險惡，而主角決定將憤怒化成行動，起而抗之。《憤怒的葡萄》也就這樣被譽為是一部關於失地農民流離失所的「憤怒小說」。

然而，約翰‧史坦貝克之所以可以寫出如此充滿血肉的憤怒小說，是因為這小說家以自身經歷感受過這份憤怒 —— 這一份由不公與無力而來的憤怒。

童年時的史坦貝克與家人住在離太平洋海岸約四十公里的小山谷，享受田園風光，而每逢夏天，史坦貝克便會到附近的牧場和農場，與那裡的移民勞工聊天，聽到了不少低下階層的無奈苦況。這些經驗成為了日後《人鼠之間》的主要素材，也埋下了他要為無產的農民工發聲的種子。

當自小喜歡親力親為的史坦貝克確定要寫《憤怒的葡萄》後，他便於 1937 年的秋天跟隨一支上萬人的農民隊伍，穿州過省親歷他們的苦難生活，以第一身體驗貧窮階級的辛酸。在此，史坦貝克強烈感受到這一群柔軟、易破的葡萄，如何被無情的社會壓榨、剝削，從而有足夠的資格成為「憤怒的葡萄」。

史坦貝克以《憤怒的葡萄》表達的，不僅是憤怒，還有尋求公義的決心，正如他寫道「倘若我們還未能取得偉大的

勝利就逃離戰場，那我們將成為懦夫和愚人」，而《憤怒的葡萄》正是他打開這戰場大門的鑰匙。當時，《憤怒的葡萄》火速激起民憤，一度成為禁書，但最終還是能夠迫使國會立法資助農民。

於是，我們又明白：出於公義的憤怒是可敬的，也是可有所成的。然後，我又想起史坦貝克的提醒，他說「我們花時間來尋求安寧，但是當我們獲得它時，我們就會恨它」，也就是說：當我們不再憤怒時，請當心，那令我們曾經憤怒的戰場還在嗎？如果在的話，請不要安寧，請繼續憤怒。

宮澤賢治 /

最美好的童話總是悲傷的

在電子遊戲世界，「角色扮演」電玩遊戲一度流行，例如，玩者是主角，照著故事發展，在每一個關口解答一個問題：在飯堂時，遊戲會問你想吃牛肉定食、熱狗餐，還是咖哩飯呢？遇到朋友Ａ，遊戲會問你想跟他聊天，還是打籃球？遊戲故事會按你的答案，發展餘下的故事，直至下一個問題。

近來，有網絡電視台以這模式拍攝劇集。觀眾可以在重要的關口，作出個人選擇，決定故事發展，最終到達不同的結局。想起角色扮演的電玩遊戲，又看著這些舊瓶新酒的電視劇，我想：人生本來就是一段不斷要作出「正確答案」的過程，何必再以此為娛樂呢？又想：什麼才是「正確答案」呢？

這讓我想起日本昭和時代詩人宮澤賢治（Kenji Miyazawa，1896-1933）的一篇童話故事，題為〈橡實與山貓〉。話說，有一天，主角收到了山貓寄來的明信片，邀請他到森林裡做一次裁判。主角興高采烈，步入森林，沿途遇上不同的動物，並且顯露出山貓找上主角的原因：他很會答問題。

原來，這幾天，一班橡實一直在爭論誰是最偉大的，而山貓做了多次裁判，也沒有令大家信服，有說「不管怎樣說，尖頭的橡實最偉大，而我的頭是其中最尖的」，有說「不對不對。圓頭的橡實才偉大，頭最圓的就是在下我」，又有說「沒那回事。大小才重要。大橡實最了不起。我是其中最大的橡實。」

山貓無計可施，於是求教主角。果然，主角心生一計，對山貓說：「你就這麼告訴他們好了。他們當中誰最笨、最胡攪蠻纏、最糟糕的人，就是最偉大的人。」

山貓依計行事，如此裁決，橡實居然真的沒有再爭論下去。為表謝意，山貓便問主角，想要「黃金橡實一升，還是鹽漬鮭魚頭」作謝禮呢？主角說「我喜歡黃金橡實」（他自以為聰明，既取黃金，又不奪山貓所好），且看見山貓聽到答案不是鮭魚頭，「好像鬆了一口氣」。

隨著主角越來越接近家門，「橡實的光芒漸漸變淡，沒多久，待馬車停下時，它們已經變成原有的褐色」。再想，山貓的那一口歎息，真的代表主角選對了答案嗎？或許，作者宮澤賢治自己的人生，可以給我們解答這問題的一些提示。

宮澤賢治的一生的關鍵詞是「土地」。在 1896 年，宮澤賢治於日本岩手縣出生，而就在他誕生前的兩個月，日本經歷了著名的「明治三陸地震」。這次地震屬於海溝型地震，造成破壞力驚人的海嘯，摧毀了超過九千幢房屋，造成超過二萬人罹難、二萬人失蹤，而震央正正在岩手縣東面約二百公里的海域。

在頹垣敗瓦之中，宮澤賢治出生，並與這片土地的傷痛一起成長。長大後，宮澤賢治決定投入研究土地的事業，以第一名的成績考進盛岡高等農林學校（即現在的岩手大學農業部）就讀，研究地質結構。同時，宮澤賢治也開始寫作離不開土地、山林、林中動物的詩作與童話故事。

畢業後，宮澤賢治加入了勞動農民黨，為農民生計與改善土地質量而東奔西撲，一邊身體力行進行農業指導的工作，另一邊廂努力筆耕，以文字書寫土地的美好與浪漫。在此，宮澤賢治教導了我們怎樣的一次有關「正確答案」的生命課呢？

「在這個不美好的世上，最美好的童話總是悲傷的。」宮澤賢治寫道：「它們都是用飽受自我犧牲的崇高與孤獨所折磨的靈魂寫成的，滿溢著無邊的悲哀感，透明而淒美，原原本本地呈現出生命本身的重量。」

在土地帶來破壞的災後世界成長，宮澤賢治作出的生命回應，是去了解土地的本性，他知道無法左右土地突如其來的殘酷，卻決定要從土地裡賺回更多的成果。這不是一種功利的計算，而是一種有生命力的詩意。

1933 年，日本發生昭和三陸地震。宮澤賢治疲於奔命，因工作過勞而染上的急性肺炎漸漸惡化，在九月份的一次約一小時有關肥料問題的農民會議後，宮澤賢治病倒了，隔日，他吐血，與世長辭，享年三十七歲。

在地震年出生，在地震年逝去，宮澤賢治以短促的人生，揭示何謂「正確答案」，他寫道：「究竟什麼是真正的幸福，世上是無人知曉。但只要朝著正確的道路堅持走下去，不管途中遇到怎樣艱難痛苦的事，攀登高山也好，爬下陡坡也罷，都能一步步地靠近幸福」。

三浦綾子 /

如果不能為人包紮繃帶，就不要觸碰別人的傷口

有一類文學作品，讀來給人安慰，叫人見到世界的希望。又有一類作品，閱讀起來叫人難受，難受於它觸碰了人的深層厭惡，你因為作者的文字與故事而繼續讀下去，在這一個曲折、那一個段落，你期待事情會出現轉機，卻是一次又一次的失落。最後，希望沒有來臨，作品赤裸裸的揭露了人的黑暗，三浦綾子（Ayako Miura，1922-1999）於 1964 年發表的作品《冰點》就屬這一類。

《冰點》的故事發生在北海道旭川市，講述一對模範夫妻，丈夫啟造是完美的暖男型人物，身為醫院院長，是一位溫文爾雅、愛人如己的紳士，與妻子夏芝育有一名女兒。他們平靜美好的生活，卻因為一連串的「事件」而破碎，先有丈夫發現妻子有外遇，繼而是女兒不幸遇害身

亡。丈夫啟造的人生溫度，正式降到冰點。

啟造知道，他的人生不再可能有陽光，而他要報復。啟造明查暗訪，得知殺害自己女兒的兇手也有一名女兒，於是他領養了這名女孩，並給她取名「陽子」。最終，陽子可以為這個冰封了的家帶來溫暖嗎？當然沒有，這才是更多糾纏不清的不幸之始。

但，不幸的故事，不是要讀者讀後自覺不幸，而是教人如何面對不幸。三浦綾子怎樣以《冰點》啟發我們，不要讓自己停留在人生的冰點呢？答案就是她書寫《冰點》本身。

三浦綾子曾經引用古希臘詩人米南德的一句話，寫道：「人在生活中遇到不幸，沒有什麼比一門技藝會給人更好的安慰，因為當他一心鑽研那門技藝時，船已不知不覺越過了重重危機」，而三浦綾子面對的「重重危機」就是她的健康。

三浦綾子本是一名意志堅強的獨立女性。她受過高等教育，並於 1939 年起，在一所小學任教七年之久，最終卻因為不滿充斥軍國主義的教材，而憤然離職。但，天意弄人，越堅強的人，彷彿越容易受到命運的挑戰。命運驅使病魔糾纏於三浦綾子的人生，要她長期與之搏鬥。

三浦綾子曾經患上了肺結核，亦受到脊椎潰瘍、帶狀皰疹、紫斑症等病症之苦。當時，肺結核是不治之症。三浦綾子在北海道天寒地凍的療養院長臥病榻，面對死亡來臨的無力感。

在無力與絕望到達了極限之際，三浦綾子企圖於鄂霍次克海自殺，卻因為一群熱心的基督徒靠近而「救了」她一命。三浦綾子曾經寫過一句我認為要時刻謹記、警惕的句子：「如果不能為人包紮繃帶，就不要觸碰別人的傷口」，但是，如果那傷口是自己的呢？

三浦綾子自殺未遂，卻在絕望的盡頭遇上了寫作，以寫作包紮自己的傷口。寫作與病魔，成為了三浦綾子的人生關鍵詞。三十九歲時，她才首次投稿到《主婦之友》雜誌，其後以《冰點》成名。《冰點》談不上是自傳式小說，但當中不乏三浦綾子患病時的場景與心態。在其中一個段落，三浦綾子寫道：人生不能缺少的「是信念，但絕非信奉一個宗教那麼簡單；是祈禱，但不全然為自己的好處；是教育，但絕非追求好成績和進名校；是生活、是愛情、是與他人的關係、是追求幸福的權利」。

「追求幸福的權利」是面對絕望的良方。三浦綾子臥病在床十餘年，最終與在病榻旁陪伴了她整整五年的三浦光世結婚。病，阻止不了人們追求幸福，而其他叫人無力的惡

事，亦然。

寫作，是三浦綾子包紮傷口的繃帶，也是她觸碰傷口的溫柔方法。晚年的三浦綾子，沒有間斷的一直寫作，直至患上直腸癌、柏金遜症，她亦沒有停筆。1999 年，三浦綾子因多重器官衰竭，於《冰點》的發生地北海道旭川市立醫院病逝，享年七十七歲，而她一生出版了近八十本著作。

歌德 /

為了熬好這鍋稀奇古怪的熱湯

如果我們去跟命理師做一個問卷調查，問他們，最多人跟他們訴說的煩惱是什麼呢？我懷疑，答案不出其三：健康、事業、愛情。前兩者都關係到生存的問題，唯獨愛情，是完全精神性的，是人類發明出來的煩惱。

自從人類文明步入浪漫主義的階段，人與人的結合再不是出於盲婚啞嫁，而是兩情相悅的愛情。從此，人類除了物質性的生存煩惱，也多了精神性的愛情問題：有人相戀而沒辦法走在一起，有人苦戀不值得愛上的人，有人暗戀不愛自己的人，就像德國作家歌德（Johann Wolfgang von Goethe，1749-1832）。

1774 年，還在從事法律工作的歌德，因公務而到了韋茨

拉爾。在一場舞會中，歌德認識了一名十五歲的少女，名為夏綠蒂。歌德對夏綠蒂一見傾心，可惜，夏綠蒂早已是凱斯特納的未婚妻。凱斯特納比夏綠蒂年長二十歲，是五個小孩的父親，更是歌德的朋友。

儘管事實如此，歌德還是本著真誠的愛，不顧一切向夏綠蒂表白。一個十五歲的少女，面對未婚夫的朋友的表白，她會怎樣呢？夏綠蒂驚惶失措，就此將歌德的告白告訴了未婚夫凱斯特納。

因此，歌德既落空了愛情，又缺失了友情。他逃回法蘭克福，逃到他內心的失望與厭世之中，並且一度徘徊於自殺的念頭。此時，發生了另一件事：歌德的另一位朋友耶路撒冷真的自殺了，因為他愛上了別人的妻子，而受不了社會的指責。這一事件的悲劇性更在於，據說，耶路撒冷用來自殺的槍是凱斯特納借給他的。

在此，歌德將自己對夏綠蒂的傾心，以及耶路撒冷的自殺連結起來，寫成了他的第一本經典《少年維特的煩惱》。少年維特的煩惱，是歌德的煩惱，也是耶路撒冷的煩惱。少年維特的煩惱，是愛情的煩惱，也是社會的煩惱。

從古到今，社會容不下脫離規範的愛情，因此我們明白，少年維特的煩惱不會只是少年人的煩惱，更是一代一

代人的煩惱。只是在某時某刻，這煩惱剛好掉入了歌德的生命，卻沒有阻擋著他的創造力。畢竟，煩惱與創意，是一對活寶貝，而它們的照顧者，叫時間。

1797 年，中年的歌德開始撰寫名著《浮士德》。

今時今日，當人們說起《浮士德》的故事，主要會談到那位博學多才的浮士德與魔鬼梅菲斯特打賭的故事，以及探討劇作開首時上帝與魔鬼的爭辯：人是善是惡？究竟，人於世上是進步，還是沉淪呢？

但不得不說，這只是《浮士德》第一部的故事，而在第一部發表了約二十年之後，歌德著手寫了浮士德的續篇，重點從對浮士德個人的心理描述，推廣到對社會與歷史的反思，而故事則從浮士德吃了善忘藥（即浮士德忘記了第一部的經歷與悲劇收場）而重新出發。

在他過世前的一年，歌德終於將《浮士德‧第二部》寫好，但卻拒絕發表，並用繩子把書稿綁起來，蓋上自己的印章，然後存放起來。最後，《浮士德‧第二部》在歌德死後的 1832 年才正式出版。

為什麼歌德遲遲不發表第二部呢？據記載，歌德是這樣說的：「我們的現實生活是如此荒誕，無法理解。我早就相

信，為了熬好這鍋稀奇古怪的熱湯，而付出這麼虔誠而長久的勞動，其結果是不好的，無人問津的。」

不過，事實是《浮士德》兩部曲「這鍋稀奇古怪的熱湯」不單不是無人問津，而且是德國文學，以至歐洲文學史上永不退溫的經典。這讓我想起《浮士德》一段著名的獨白：「有兩種精神居住在我的心胸，一個要想同另一個分離！一個沉迷在迷離的愛慾之中，執拗地固執著這個塵世，另一個猛烈地要離去凡塵，向那崇高的心靈的境界飛馳。」

每一次想起這一句「一個要想同另一個分離」，我都會想起於玻璃鍋中煮的花生湯，花生一粒一粒在鍋裡滾，花生與花生相撞，花生與花生衣分離，滾啊滾，水慢慢變成了湯。

在我看來，所有的湯，在未煮好之前，都是稀奇古怪的滲濕了材料的一鍋水，直至煮好，熱湯才成了事，才有了味道。媽媽教導說：煮老火湯的秘訣無他，就是耐性，加上時間。我們在說湯，也在說生命。你在懷疑自己嗎？不要擔心，因為連歌德也懷疑過。

米蘭・昆德拉 /

推動我們一切行動的東西

3

根據法蘭克福學派的「文化工業」理論，資本主義文化生產的其中一個惡果是造成「文化商品的戀物狂」。換言之，文化消費者買入的是商品本身，而不是文化的內容。又再換一個大家聽得明白的實例來說：你的書架上有多少本未讀的書呢？你是買書，還是買書的內容呢？

在文青的書架上，最有可疑的必買而未讀之書，我想，首推米蘭・昆德拉（Milan Kundera，1929-）的《不能承受的生命之輕》。

儘管小說以尼采的「永劫回歸」為起點，敘事更穿插不少哲學討論，但其實《不能承受的生命之輕》的故事本身並不難讀，情節講述一名情場浪子 —— 捷克醫生托馬斯，

如何矛盾地糾纏於兩名女子之間，體驗愛情的重與輕，一方面是至死不渝的承諾，另一方面是熾熱的自由輕狂。

《不能承受的生命之輕》的發展正如書中的一句話：「推動我們一切行動的東西，總是不讓我們明白其意義何在」，隨著「布拉格之春」發生，大量蘇聯軍隊進佔布拉格，推動、打擾、迫使了故事裡所有人不由自主的行動，邁向各自尋找意義的過程。

故事彷彿告訴我們：有時，我們未必能夠抵擋殘酷世界的到來，甚至不能理解殘酷世界形成的原因，但我們要知道，無論世界多殘酷，還是會有推動我們向前行進的力量，無論這力量是正，或邪。這樣迫使人們前進的他力，可見於每個人的生命，包括米蘭·昆德拉本人。

米蘭·昆德拉於捷克（當時為捷克斯洛伐克）的布爾諾出生，父親為鋼琴家，也是音樂藝術學院的教授。昆德拉在家庭的熏陶下，童年時接觸音樂，少年時大量閱讀文學，青年時開始寫詩、畫畫，以至接觸電影。從不折不扣的文藝青年，漸漸成為一名作家，卻在三十多歲的壯年，經歷了撼動他生命的歷史大事，即「布拉格之春」。

1968 年 1 月 5 日，一場政治民主化運動在捷克斯洛伐克發生。當時，捷克共產黨第一書記杜布切克（Alexander

Dubcek）提出政治改革，以「附有人性的社會主義」之名支持改革派，企圖拋棄史太林式統治，並削弱傳統史太林主義者的力量。這場涉及民眾的政治社會改革運動，吸引了米蘭・昆德拉的參與。

然而，在 8 月 20 日深夜，這場「布拉格之春」，終於以華沙公約組織二十萬軍隊，以及五千架坦克武裝入侵而宣告落幕。在這大時代的轉折中，昆德拉的生命也被迫轉換了路軌。一夜之間，昆德拉被打為「異見分子作家」，作品因為諷刺共產政權而被禁，其共產黨員黨籍被開除，連同其大學職位也被奪去。在難民逃難潮之中，昆德拉與妻子輾轉到了法國，在異地被剝奪捷克斯洛伐克公民身份，但仍以異國文字持續的書寫祖國。

在《不能承受的生命之輕》裡，昆德拉寫道：「如果我們生命的每一秒鐘都有無數次的重複，我們就會像耶穌釘於十字架，被釘死在永恆上。這個前景是可怕的。在那永劫回歸的世界裡，無法承受的責任重荷，沉沉壓著我們的每一個行動，這就是尼采說永劫回歸觀是最沉重的負擔的原因吧。」

在此，昆德拉教曉了我們什麼？這是有關「行動」的一課。在永劫回歸的宿命裡，人們永恆回歸到每一個轉折之中，歷史推動著我們行動，而我們就這樣被動地實踐我們

可以有的主動。

那麼，我們何以弄得清楚我們的行動是被動的，還是主動的呢？或許，這真不是重點，重點是：我們持續行動。

CHAPTER 3

牛 奶 箱

34 - 50

34 葛楚・史坦 /
答案是什麼呢？

你讀過最難讀的書是哪一本呢？

這條問題，可能是一條偽問題，因為最難讀的書，往往是我們不敢打開，甚至不會買來藏有的書，所以最難讀的書，或許就是沒有讀過的書。若暫且拋開這些文字遊戲，現代文學史上有幾本書是以「難讀」著稱的，例如喬伊斯（James Joyce，1882-1941）的意識流小說《尤利西斯》、普魯斯特（Marcel Proust，1871-1922）一書七卷的《追憶似水年華》云云。

然而，若要我選一本最難讀的現代主義書籍，我還是首選葛楚・史坦（Gertrude Stein，1874-1946）的《美國人的形成》，一本寫了近十年的九百多頁重磅書，裡面的字

密密麻麻，要處理的問題極度複雜，而行文卻是迂迴曲折，教人讀來有生理上的嘔吐感。

在此，你或許會說「而我不知道誰是葛楚・史坦」。那麼，你至少會認識作家舍伍德・安德森（Sherwood Anderson，1876-1941）、海明威（Ernest Hemingway，1899-1961）、費茲傑羅（Scott Fitzgerald，1896-1940），或藝術家畢加索（Pablo Picasso，1881-1973）、馬諦斯（Henri Matisse，1869-1954），又或以上其中之一嗎？

這些大名鼎鼎的創作人，在成名的過程中或多或少都受過史坦親自的指導和啟發，史坦是最早期賞識及收藏畢加索作品的人，而海明威更是像伴讀書僮一般待在史坦左右，直至成名。有說，沒有葛楚・史坦，就沒有海明威，這一點我不太肯定，但我可以相當肯定史坦本人是這樣想的。

葛楚・史坦是第一個真真正正鼓勵海明威成為作家的人。當時，年輕的海明威還在報社工作，日子過得不怎麼樣，但也不怎麼差，不算富有，但也存了一點錢。有一天，當海明威陪伴史坦散步時，史坦便催促他說：如果你的錢足以維生，你應該辭退報社的工作，全心全意當上一個作家，否則，「你將永遠看不到周遭的事物，只會看到文字」，而無論海明威承認與否，這句提醒確實反映在海明

威之後的發展及其作品之中。

巴黎花街二十七號的寓所，是當時葛楚‧史坦與戀人托克萊斯（Alice B. Toklas）的住所，更是二十世紀初文藝精英薈萃的中心，出入的都是風格先進的文人雅士，他們在此風花雪月，也互相評論對方的作品，更難得的是得到史坦的指點，這一切一切令「花街二十七號」成為了現代主義的搖籃。

作為現代主義教母，葛楚‧史坦與一眾文人相處的事蹟還有很多很多，但我在此想說的，是在她的七十二歲，即1946那年的事。

那年，史坦確診患上胃癌，醫生決定給她進行救命的手術。在入手術室前的準備時刻，跟史坦一起生活了四十年的伴侶托克萊斯陪伴著她。當時，史坦已經進入半昏迷狀態，而托克萊斯則保持著一貫站在強人旁邊的堅毅與冷靜。在快要被推入手術室的時候，迷迷糊糊的史坦，突然醒了一醒，張開眼睛，她問托克萊斯：「答案是什麼？」

突如其來、沒頭沒腦的一問：答案是什麼？

若你是托克萊斯，你會怎樣應答呢？作為一位陪伴現代主義教母身旁四十年的人物，托克萊斯當然有她個人的智

慧，但在那時那刻，托克萊斯還是答不出任何一個字，她腦海裡或許閃過了 1907 年 9 月在巴黎第一次遇見史坦的景象，但在現實中，托克萊斯唯一的反應就是沉默，沉默的望著她病倒了的愛人。

於是，史坦自問自答的說道：「既然沒有答案，那問題是什麼呢？」

這個問題，成為了葛楚・史坦留於人世的最後一句說話，是一條問題，也是一道答案，是她面對死亡的提問，也是她給自己的答案，更是現代主義給我們的啟示：在這個找不到本質與根源的現代世界，我們不但不再容易找到解答人生問題的答案，而有時，更連想問的問題，也弄不清楚。

史坦提醒我們，在尋找答案之前，我們更需要搞清楚要問什麼樣的問題，而當有一天，你真的鼓起勇氣開卷讀她的《美國人的形成》之時，你也要記得閱讀此書之道：不要強求明瞭的答案，而哪怕讀得一頭霧水，至少你會得到了一腦子滿有意義的問題與問號。同樣道理，也適用於我們正在行走的人生路上。

卜洛克 /

遲早，人人都會走路

最近，我遇到了一件令我有點進退兩難的事，而為了保護所有牽涉的人士，容許我將自身的經歷作一點改編。話說，有一個單位打算舉辦一個主題講座，並且邀請我作為講者之一。主題很嚴肅，內容也很廣，我自問沒有足夠底氣擔當此重任，再三婉拒，並提議了另一位前輩朋友給主辦單位。

主辦單位多番與我商量，過程誠懇、禮貌，而我們最後的結論是：如果他們能夠請到那一位前輩朋友主講，那我就敬陪末座，當一個伴讀小書僮。而主辦單位也同意我這個想法。

一個月過去，主辦單位繼續與我跟進講座內容，準備宣傳

文案，一切按基本程式進行，直至有天，我收到他們的電郵：「我們非常抱歉還是沒有辦法請到 XXX 出席（下刪數百字），見諒。最後，煩請確認宣傳文案內容。」換言之，他們取消了我的出席條件（即只有當他們邀請到那一位前輩出席，我才答應出席），卻要我體諒他們。

但，要真心誠意的體諒，多難呢！如果要學會體諒，或許可以參考一下我的偶像作家卜洛克（Lawrence Block，1938-）的故事。

卜洛克是當代最著名的推理小說作家之一，曾經獲得五屆愛倫‧坡獎，更在 1994 年獲得愛倫‧坡獎終身大師獎，並創造了名偵探馬修‧史卡德。這位馬修‧史卡德，有別於其他端莊的偵探小說主角，他是一名酗酒、失婚、曾經意外殺人的無牌私家偵探，性格充滿缺陷，但讀者就是喜歡這名有血有肉的主角。

馬修‧史卡德不像日本動畫裡二十年如一日的頑皮小孩，他跟作者與讀者一起長大，一起變老。從 1976 年的《父之罪》到（相信是）最後一本的《聚散有時》（2019），馬修‧史卡德從一個看似四處亂闖的偵探，「去問各式各樣問題，包括蠢問題」，三十年過後，漸漸變成一名不再那麼意志薄弱的退休老人。

在這系列作品中（尤其早期），馬修・史卡德不難被收買，幾乎哪檔人家給他的錢，他都會收下，但轉個頭他又會到了教堂作什一奉獻（聖經教導基督徒要將收入的十分之一奉獻給教會），而他花了很長時間去釋懷的是，他曾經於槍戰中殺死一名小女孩的事。

於是，我開始明白，相比於體諒別人，要體諒自己的錯，可能更難。當然，如果事情是雞毛蒜皮的小錯誤，那麼體諒自己會比體諒別人容易，但如果事情的錯，錯到連自己的私心都不能包庇自己時，我們不需要別人的體諒，因為連我們都沒辦法原諒自己。

卜洛克曾經寫道：「有些人學會得早，有些人學會得晚；有些人摔倒很多次，有些人很少摔倒，但遲早，人人都會走路，沒有人灰心喪氣，沒有人提早放棄，每個人都在按部學習。而且，沒有獎勵的誘惑，也沒有懲罰的威脅；沒有對天堂的憧憬，也沒有對地獄的恐懼；沒有糖果，也沒有棍棒。摔倒，起來，摔倒，起來，摔倒，起來 —— 然後開始走路」，如果我可以在此加一個狗尾續貂的註腳，那就是：我們摔倒得越多，也就越能夠體諒別人的摔倒，更能體會這段話的道理。

關於體諒，卜洛克有一次這樣的經歷，記錄在《形與色的故事》的編者序。他說，《形與色的故事》原本預計有

十八篇故事，但作者克雷格·費格森雖然選定了畢卡索的畫為創作主題，卻遲遲未能交稿。最後，費格森因為工作與行程等等的新安排，無法依約完稿，「所以他就只能再三跟我們道歉了。他說，希望我（卜洛克）能體諒他」。

卜洛克寫道：「我完全可以體諒。因為我發現我自己也沒辦法交稿。」

卜洛克的回覆，實在太完美。我們或許都會因為禮貌而聲稱體諒他人，但如果那一件事，真的如此容易叫人體諒，那麼一開始，我們就沒有所謂要請人家體諒的必要了。其實，我們真的很難真真正正體諒別人犯下的錯誤、缺失、愚蠢，除非，我們也犯了同樣的錯誤、缺失、愚蠢。

體諒，有體會、有諒解，先有自身體會，才能學會諒解他人。

因此，我終於想到了如何回覆文首提及的那一封電郵，我會說：「我完全可以體諒。因為我也沒有辦法出席，見諒。」

好吧好吧，我承認，我作不了這樣的回覆！所以，我才在這裡寫下，讓心裡平衡一下。在這殘酷的世界，我們除了要學會怎樣駕馭體諒而不失霸氣，也要學會幽自己一默。

牛奶箱

菲利普 · 羅斯 /

沒有任何東西轉瞬即逝

人類最不能迴避的殘酷，大概是生命的終結，即死亡。邏輯上，我們都沒有辦法從自己的死亡中學習面對死亡，也沒有經歷過死亡的人，可以跟我們分享什麼是死亡。因此，死亡的未知，很可怕，可怕得令人類文明發展出歷史悠久的死亡哲學，以及文學，好為了想像出可以面對死亡的方法。

面對死亡時，「可以變老」應該是一種福氣，而當人們因為變老而失望、傷心，那是因為他們想念有活力的生命。這樣的想法稱不上矛盾，但作為面對死亡的思考練習卻是必要的，而我其中一項對於年老與死亡的思考練習，就是閱讀菲利普·羅斯（Philip Roth，1933-2018）的小說。

菲利普・羅斯是當代美國作家，一生人出版了約三十部作品，自五十年代開始寫作，到 2006 年的創作高峰期，幾乎以一年出版一本的速度創作，然後到了 2012 年，卻突然封筆，宣布「我不想繼續寫作了。我把一生都獻給了小說，讀小說、寫小說、教小說。我已經將擁有的天賦發揮到了極致。」

羅斯的封筆，有人失落，有人拍掌。失落的，當然是他的忠實讀者，畢竟羅斯的小說幾乎本本都是獲獎級別；拍掌的，則是他的批判者，當中不少是女權主義者，他們往往認為羅斯的小說充斥厭女情結。無論如何，羅斯的封筆證實了他自己寫於《人性的污穢》的一句說話：「沒有任何東西得以恆久存在」。大約在封筆五年之後，羅斯離世，享年八十五歲。

羅斯在新澤西紐瓦克一個典型的美國猶太移民家庭長大，但他幾乎從不以猶太人自居，成年後也沒有再踏入猶太教堂半步，而他早期的小說亦以諷刺猶太人的偽善與情感衝突著稱。例如在第一本短篇小說集《再見，哥倫布》，便有一則故事講到二戰期間的猶太士兵如何以宗教之名，與軍官較勁，爭取滿足自己利益的特權。有說，放棄了猶太教的猶太人，不再是猶太人，而放棄了猶太信仰的羅斯，則失去了面對年老與死亡恐懼的信仰安慰劑。

五十歲以後的羅斯，身體狀況轉差，經常出入醫院，令他無法迴避衰老與死亡的命題。事實上，自他四十多歲的作品開始，「疾病、衰老、死亡」成為了羅斯小說的關鍵詞，這些作品包括「教授三部曲」《乳房》、《慾望教授》與《垂死的肉身》，以及千禧年後作品，如《凡人》、《怒吼》、《賤人》。在這些作品裡，我不難察覺作者對於慾望與節制、青春與衰老、生存與死亡的掙扎與辯證。

其中，《凡人》是值得我們一讀再讀的。《凡人》一書，始於羅斯的一次經驗，一次每一個人在長大的過程中，遲早都會遇上的經驗：見證朋友的離世。有報導說，在羅斯晚年，他幾乎每半年就要出席一次朋友的追思會，而對他震撼最大的一次，莫過於他的好友兼諾貝爾文學獎得主索爾・貝婁（Saul Bellow，1915-2005）的離世。

從索爾・貝婁的葬禮回來後，翌日，羅斯著手創作《凡人》一書，講述一名男子面對晚年孤獨的恐懼，故事情節淡然，他又藉著書名指向每一個平凡人的經驗，到了書的結尾，羅斯寫道：「他再也沒有醒來，心臟停止跳動。他走了，不再存在了。他在不知不覺中進入一個虛無之境，正如他之前的恐懼。」死亡，以及其恐懼，不過如此。

羅斯以一本小說，回應了好友的離世，他說：「我剛從墓地回來，它讓我往前走」，往餘下的人生前進。羅斯

明白，每一種才能都會有限期，因此可以斷言封筆，還有，他明白每一種生命都會有限期，只要在限期之前，好好活著，放手一搏就好了，正如我上文只引用了羅斯名言的其中一半：「沒有任何東西得以恆久存在」，而下半句是「然而也沒有任何東西轉瞬即逝」，讓我們好好把握「現在進行式」的時態吧！

笛福 /

空想著自己所得不到的東西，
是沒有用的

問你一個問題：你知道自己父親最喜愛的書是哪一本嗎？

我從來沒有想過這個問題，甚至不怎麼覺得我的父親喜歡
讀書，但在一次機緣巧合下，他主動提起了兒時最喜愛
的讀物。原來，他小時候喜歡讀十八世紀英國作家笛福
（Daniel Defoe，1660-1731）的小說《魯賓遜漂流記》。

對我來說，《魯賓遜漂流記》之所以經典，莫過於魯賓遜
的大名比原作者笛福更廣為人知的事實。《魯賓遜漂流
記》的故事，就像童話，大家都像聽過，但沒有多少人真
正讀過。沒有多少人記得魯賓遜第一次出海的原因是為了
逃避家庭責任，亦沒有多少人會想起魯賓遜第三次遇難是
因為他加入了販奴航運的行業。

然而，大家都會說起魯賓遜流落荒島的故事，包括我的父親。父親說，他之所以喜歡讀《魯賓遜漂流記》是因為當中描述到，魯賓遜如何以一己之力與簡單的工具在荒島上存活，他生火、做武器、打獵、種植、建屋、做陶器，還養羊、養鸚鵡。

父親說，他兒時會發白日夢，幻想自己像魯賓遜，一個人流落荒島，以求生技能讓自己存活。父親的幻想跟《魯賓遜漂流記》的情節分道揚鑣，父親會想像自己獨個兒留在荒島的「美好時光」，而魯賓遜卻在島上從得到第一個僕人「星期五」開始，慢慢成為了島上的統治者，展現了笛福相信「只要有機會，人人都會成為暴君」的政治立場。

人的記憶都是有選擇性的，父親記憶中的《魯賓遜漂流記》只有海上漂流與流落荒島的故事。他說，到長大了以後，他還是沒有忘記這個「白日夢」，他讀有關求生技能的書、參加外展班、學習野外定向等等。因此，我家裡還有不少越野裝備，但又有趣地，我沒有任何跟父親在郊野歷奇、露營的記憶。為什麼呢？

因為父親的白日夢，在有了家庭的一刻破滅。魯賓遜因為逃避家庭而漂流，我的父親卻因為家庭，而學會何謂「腳踏實地」，何謂當一個有責任感的男人。感謝他的責任感，感謝他一直辛勞工作到六十歲，好讓我和妹妹安穩的

成長。同時，我又想起：笛福寫作《魯賓遜漂流記》時，同樣是年近六旬。

笛福的人生，也可算是一種漂流的人生。兒時的笛福經歷過倫敦瘟疫，又經歷過歷史有名的倫敦大火災，而母親亦在他十歲左右離世。長大後的笛福曾經從商，到過西班牙、法國和意大利，但屢次失敗。他也在軍隊裡混過一段時間，但反叛的性格沒有令他得到亮麗的成績。

後來，笛福又在四、五份報刊當過編輯，寫下大量評論文章與著作，例如提倡改革運動的《關於一些問題的觀點》，以及諷刺托利黨壓迫異己的《消滅不同教派的捷徑》，最終因為肆無忌憚的諷刺政府而多次被捕入獄，但他依然故我。

1719 年，即笛福五十九歲那年，他偶然在一本名為《英國人》的雜誌上讀到一篇報導，講述一名蘇格蘭水手，因為與船長發生衝突，而被棄置在荒島上。從此，水手在完全與世隔絕的孤島上生活了四年多，就這樣忘記了人類語言，成為了一名野人。這篇報導燃起了笛福創作的興趣，他沒有要寫他擅長的新聞文章，而是決定以此素材創作小說，改寫成一篇流落荒島的「暴君」故事。

《魯賓遜漂流記》大受歡迎，一年內翻印四次，成為了經

典，比起笛福其他旨在喚醒大家思考極權主義的文章，
影響力更深更遠，同時，我們也明白到笛福所說「一個人
只是呆呆地坐著，空想著自己所得不到的東西，是沒有用
的」，哪怕多少年歲，我們都有實現夢想的權利。

沙林傑 /

成熟的人會為理念卑微存活

我曾經聽過一個似是而非，但對心理健康很有幫助的說法：如果世界上沒有人誤解你，如果你沒有任何一個因誤解而來的敵人的話，你這個人一定是沒幹過什麼大事。

乍看之下，這句話像歪理，但仔細想想，它說到了一個現實：任何人都會被誤解，因為我相信，任何人都有他正在幹的大事。一位母親可以因照顧小孩而被婆婆或丈夫誤解；一位員工可以因為想與人為善被同事誤解；一個學生可以因為努力爭取成績而被同學誤解。

誤解，是人們在殘酷世界互相傷害的武器。在此，我想談一位經常被誤解的作家，他是沙林傑（Jerome David Salinger，1919-2010），而他寫過這樣的話：「不成熟的

人想為理念而壯烈犧牲，成熟的人會為理念卑微存活」。聽罷，如果你正在為自己的理念奮鬥抗爭，你大概已經開始誤解這句話的意思。沙林傑，絕不是一個逃兵。

關於沙林傑，人們一般的認識大概就是他的名著《麥田捕手》（*The Catcher in the Rye*，另有譯《麥田裡的守望者》）。對這本作品多一點認識的朋友，可能會說到這本書創下累計全球銷量六千五百萬本的紀錄，以及當年，槍殺了約翰・連儂的兇手，竟然在事件後安靜的坐在行人道上讀《麥田捕手》等待被逮捕。還有一些資深讀者，會說到沙林傑第一篇刊登在《紐約客》雜誌的小說，題為〈香蕉魚的好日子〉（*A Perfect Day for Bananafish*），但總的來說，一般人對沙林傑的印象，總是有點模糊，認識不多。為什麼呢？其中一個主要原因是：沙林傑在成名後不久，便遠離城市隱居去了。

《麥田捕手》在出版前，受到了不少行內人的質疑，有出版社退稿，有編輯要求改書名，但當此書正式出版後，卻是大受歡迎，空前成功，而沙林傑頓時成為了家喻戶曉的人物，而沙林傑回應這名譽的方法，是搬到郊區，不再接受訪問，不再發表作品。

初時，媒體以「文學史上的真正隱士」正面稱之，日子久了，關於沙林傑各式各樣的謠言漸漸被傳說，說他在住所

外圍安裝通電的柵欄，說他放狗咬人，甚至說他對人開槍。世人在懷疑：沙林傑居然放棄了對現實世界的抗爭精神而離開群眾了嗎？在我看來，這是天大的誤解。

沙林傑不是一個逃兵。《麥田捕手》的主要讀者是二戰戰後的一代，而沙林傑正正是參與二戰的前線軍人。1941年珍珠港事件之後，沙林傑立刻跑去參軍，卻因體檢不合格而被拒。後來美軍進一步增兵，他成功入伍，加入美軍步兵第四師第十二旅，擔任上士，負責反間諜工作，並參與了著名的諾曼第登陸戰，是首波搶灘軍人之一。作為一名在前線的作家，沙林傑一邊參戰，一邊寫作。在搶灘時，沙林傑背著《麥田捕手》的前六章手稿。我們想一想在戰爭前線寫作是怎樣的一回事？槍林彈雨，血肉橫飛，死亡傷病近在咫尺，而沙林傑卻高度自律地以生命完成手稿。

沙林傑面對世界殘酷的經驗是第一身的，而且是有氣味的。1945 年春天，沙林傑隨著軍隊來到考弗靈〇四號集中營（Kaufering Concentration Camp），目睹上百名餓死，甚至被活活燒死的猶太人屍體，他說：「聞過的人怎麼也忘不了燒人肉的氣味」。沙林傑身在戰爭前線超過二百天，獲得五枚戰星勳章，一枚總統頒發的部隊英勇勳章，卻在德國宣布戰敗後的七月，因精神崩潰而入院。

《麥田捕手》不是一本描寫戰爭的小說，卻是一本因戰爭而來的小說，是一本沒有戰爭片段的戰爭小說，並且時刻提醒我們身在殘酷世界的態度：「要是有哪個孩子往懸崖邊跑來，我就要把他抓住」，這就是沙林傑書寫這本小說的精神。

當十六歲的主角霍爾頓目睹同學跳樓自殺那血肉模糊的現場，當他從學校逃到紐約的路上，遭到同學毆打，被皮條客搶錢，崩潰到考慮自殺時，他的處境與身在前線的大兵一樣孤立無援。霍爾頓與二戰後的人類，思考同一條問題：我們要如何找到活下去的理由呢？

「我只想當個麥田裡的守望者。」沙林傑寫道，守望者又怎會離開麥田呢？根據沙林傑的兒子澄清，以上提到沙林傑的古怪行為都是捏造的，相反，他的父親在隱世之後，除了寫作，還會默默回信給失意的讀者。又回到文首提到的引文：「不成熟的人想為理念而壯烈犧牲，成熟的人會為理念卑微存活」，我想強調：重點不在存活，而在於擁有理念。

松本清張 /

人就是這樣，會本能地逃避最根本的問題

Seicho

當我們談論日本推理小說史，不得不提在 1957 年，以出版《點與線》而發起了所謂「清張革命」的松本清張（Seicho Matsumoto，1909-1992）。松本清張以多年來在社會低下階層工作的觀察，以推理小說的形式，探討社會的惡與罪，開創了「社會派」推理小說之流派，將推理小說，從不切實際的鬥智遊戲，提升至具社會批判力的文學作品層次。

但，所謂文學的社會批判力，究竟是批判了什麼，而這樣的批判又如何指導我們的生活呢？

松本清張一生作品豐碩，總數已經超過七百篇（亦有說超過一千篇，這合乎一個神話的標準），就數字而論，我

們或許會以為松本清張又是另一名早熟型作家，但事實上，松本清張在 1951 年，即約四十歲時，才以〈西鄉紙幣〉獲得《週刊朝日》百萬人小說三等獎，同時入圍第二十五回直木賞，而正式出道，可謂大器晚成，而他的早年生活並不順暢，以他的說法，就是「寸步難行」。

「從十六歲開始幫忙家計，直至三十歲為止，因為家庭和父母的因素讓我的人生寸步難行。」松本清張於《半生記》寫道：「我幾乎沒有什麼值得懷念的青春可言。前半生都是慘白黯淡的。」然而，松本清張兒時與父母於日本各地的顛沛，以及長時期於低下階層生活的累積，令這位推理作家對於善惡、是非，多了一份敏感、諒解。

當然，松本清張的不少作品都以宏大歷史觀切入社會的怪現象，例如《零的焦點》講到日本二戰後的集體心靈創傷，又例如《日本之黑霧》探討五十年代美軍對日本造成的陰霾，等等等等。在此，松本清張寫的固然是推理小說，而推理小說又往往與「犯罪」有關，但在精闢的歷史觀下，讀者又不禁會同情的問：犯罪的人，有不犯罪的可能嗎？又說，主角犯下的罪，是源於他的慾，還是時代的惡呢？

在松本清張眾多的作品之中，我偏門的喜歡《黑革記事本》。故事講述主角原口元子晚上化名「春江」在俱樂部

當陪酒小姐，而在白天，就在銀行當一名女職員。原口元子在銀行工作期間，得知有不少存款人都以假帳戶或無記名戶口的方式，偷存巨款以逃稅。元子利用職務之便，將這些黑錢存取的帳目記錄在一本「黑革記事本」，並且看準了銀行高層與逃稅人害怕查帳的弱點，在三年間從客戶的戶口裡，盜取了七千五百六十八萬日圓（時為1972年）。

後來，元子離開了銀行，開了她自己的第一間俱樂部，取名「卡露內」（Carnet），是法語「記事本」的意思，顧名思義，這間店的資金正是拜那本「黑革記事本」所賜。元子以這本黑材料，繼續在表面風光的銀座世界，敲詐、盜取、犯罪，最終在罪惡中越踩越深。

原口元子的身份背景，是典型松本清張小說主角的人物設定：出身低下的平民百姓。為了擺脫前途黯淡、枯燥無味、遭遇不公的生活，藉著別人的罪行而進入社會黑暗的角落，卻在不知不覺間陷入另一個更大的罪惡之中。這種有關平民與權勢的衝突、公義與罪行的取捨、貪念與上進心的定義，成為了《黑革記事本》的故事核心，也是清張作品的命題。

在聲色犬馬的五光十色之下，松本清張寫下了《黑革記事本》。這是一座黑色的銀座，也讓人想起松本其他的「黑

色作品」，如《黑色樹海》、《黑色畫集》、《黑影地帶》、《黑色福音》、《黑色迴廊》、《黑色的天空》，等等等等。黑色，或許就是松本眼中社會的真正顏色，而在染黑了的社會，誰敢說自己清清白白呢？

松本清張說：「人就是這樣，會本能地逃避最根本的問題，直到不得不面對」，原意是想說我們掩耳盜鈴的自欺欺人，但我想，此說用於人們論斷別人的情況，道理一樣。我們，有時太快太易太表面的責怪別人，卻沒有要了解錯誤背後的根本問題。或者，暫且撇開是與非，嘗試了解別人的甘與苦，真的可以減退一點世界的殘酷。

東野圭吾 /

我一直都是處於不安的狀態

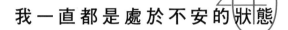

人會憂傷。其實，憂是如何傷人的呢？

我想，憂傷之傷人，在於它的難以痊癒，就像一道疤痕下發炎的傷口，表面上看似結痂，底下卻在隱隱作痛。最傷人的憂傷，往往是一種纏繞的痛。

說起憂，自然想到解憂，又會讓我想起東野圭吾（Keigo Higashino，1958-）的小說《解憂雜貨店》。不少人都讀過、看過《解憂雜貨店》的小說，或其改編的電影。故事講述一間名為「浪矢」的雜貨店，除了售賣日常用品，老闆還提供「解憂服務」，只要人在晚上將寫了煩惱的信投入鐵捲門的收信口，隔天就可以在店後的牛奶箱找到解答信，而《解憂雜貨店》的故事，就在三名年輕人偷偷闖入

這雜貨店開始。

《解憂雜貨店》不是我最喜歡的東野作品（因為我更喜歡東野圭吾早期的作品）。然而，在此書中，東野圭吾還是出色的扮演著叫人按主題思考的指揮家。當談到憂傷的人時，他指示我們想到：「他們都是內心破了一個洞，重要的東西正在從破洞逐漸流失。」這句話之精妙，不在破洞，不在流失，而在於「逐漸」。

然後，我又想，東野圭吾又擁有怎樣的破洞，才會寫出如此細膩，關於憂傷的描述呢？

我不知道。或說，我尚未有一個明確的、很完整的答案。沒錯，東野圭吾是當代其中一位最著名的推理作家，我們都知道他於 1958 年出生，自 1985 年以《放學後》獲得江戶川亂步獎後，從上班族轉型成為全職作家，並創作至今，讓名偵探伽利略、加賀恭一郎誕生。

然而，對於東野圭吾的內心世界，我們所知不多。有關東野圭吾的訪問，固然不少，但內容總是高度聚焦在小說創作，間中談到創作習慣，東野圭吾才會透露半點生活的點滴。在我看來，東野圭吾就是一個自我保護度極高的作家，將自己的心意、感情、往事，收藏得很深，直至自傳體散文集《我的晃蕩的青春》出版，東野圭吾竟然將兒時

的笨拙，以及青春期的頑劣傾囊而出。我只能說，東野圭吾不愧是東野圭吾，他就是可以給人驚喜。

在《我的晃蕩的青春》中，東野圭吾描述他的中學生活，猶如漫畫情節般誇張，例如同學會攜帶利器上堂、學生威嚇老師、男生偷窺女生更衣，而在這成長時期，東野圭吾醉心的不是寫作，而是打麻將。「如果在八個箱子裡各放一個爛蘋果，那麼最終所有的蘋果都沒救，」東野圭吾回憶道：「這樣還不如將全部爛蘋果集中在一起，要損失的只是一箱」，而當時的東野圭吾便是箱裡的其中一顆。

作為一顆於成長期等候被遺棄的爛蘋果，成熟後的東野圭吾以老練的文字寫出可以引人發笑的青春，寫起來彷彿漫不經心，但細細讀來，卻感受到他對於這段晃蕩青春的隱隱作痛，正如他所說：「每個人都經歷著受騙和傷痛，最終掌握了在這條街道生活下去的本領」，而如今的東野圭吾，就是滿有本領的人，因此，他才可能寫來一本《解憂雜貨店》，以「解憂」為題。

回到《解憂雜貨店》，浪矢老闆可以為客人解憂，全然因為他細緻而滿有同理心的回信嗎？我想，一半一半吧！憂傷的人，得到他人的關注、聆聽，以及真誠的回應，的確可以修補內心破洞的一半，但另一半的修補卻在於：憂傷的人先將自己的憂傷寫下來了。

你問：「寫下來，就能夠完全解憂，有這麼神奇的事嗎？」
的確沒有這麼神奇，也沒有這麼絕對，但「寫下來」的
解憂力是肯定的。如果我們容許憂傷纏繞，我們會慢慢
的、逐漸的失去了內心重要的東西。但，如果我們可以
將憂傷寫出來，它便也從內心走出來了，就像寫日記的
道理。

寫日記，就像給自己寄信。當你在紙上寫下煩惱，煩惱
也會慢慢從心底轉移到紙上。東野圭吾曾在訪問中提及：
「我一直都是處於不安的狀態」，作為作家，將過去的憂，
將現在的不安，持續寫出來，就成了書。作為一位長期
寫日記的人，我同樣經歷「寫下來」的解憂力。在此，
希望你也給這解憂法一次機會。試試將心中的煩惱，寫下
來，再感受一下怎樣。就試一次吧？

托妮・莫里森 /

我們不再需要作家充當單打獨鬥的英雄

每個人都有忠於自己信念的權利，而當他為了堅持自己的信念而作出犧牲時，總是值得我們尊重的，但，我們沒有必要迫使有信念的人成為烈士。

以上的道理是從一位朋友學回來的。他是一位滿有理想而意志堅定的朋友，他為自己所相信的觀念奉獻了事業，而他，從不向旁人的選擇說三道四。他掌控自己的生命，卻從不將自己的信仰強加於身旁的人。他教導了我：每一個人在爭取理想的過程中，可以有不同的崗位，不同的擔當。這讓我想起一位作家，她的名字是托妮・莫里森（Toni Morrison，1931-2019）。

托妮・莫里森是第一位獲得諾貝爾文學獎的非裔女性作

家，也曾經獲得普立茲小說獎。她於 2019 年去世，為我們留下了十一本小說，以及其他類型的文字創作，當中有著名的《最藍的眼睛》、《所羅門之歌》，以及我十分喜愛的《寵兒》。

「寫作是 —— 我免於痛苦，這是我的居所，是我能掌控的地方，」莫里森在一次訪問中提到：「沒有人告訴我該怎麼做；這也是我的想像力能盡情馳騁之處，我也處在最佳狀態。在我寫作的時候，世界上、身體裡或任何地方，都沒有什麼比這更重要了。」那麼，你必然會問：究竟是什麼樣的痛苦，迫使莫里森必須於寫作才能夠建構掌控自我的居所呢？

莫里森的文學是對社會壓迫非裔美國人的回應。莫里森帶著深刻的歷史意識，以非裔美國人的語言，書寫他們的生活與掙扎，切入他們的喜與怒，以及種種心路歷程。與其說莫里森的文學，是帶有批判的小說，它更像是帶有情節的歷史批評，例如她最出名的作品《寵兒》。

《寵兒》取材自真人真事，以 1873 年的美國俄亥俄州為背景，講述一名非裔女奴為了自由逃離莊園，卻不幸被白人奴隸主捉捕的故事。當時，非裔女奴不願自己的女兒重回那要當一輩子奴隸的命運，竟然親手殺死了還是小孩的女兒，並將她下葬。十八年後，奴隸制解除，這名被母親殺

了的「寵兒」卻陰魂不散，回來纏繞打算過正常生活的母親。在自責的夢魘與女兒的討債之中，非裔母親無可避免地成為悲劇人物，而讀者可不會忘記，主角的第一因是為了自由，第二因是不忍孩子失去自由。

莫里森的《寵兒》是對美國奴隸制歷史的控訴，而這樣的書寫不單是歷史研究的成果，更是作者從小到大的情感經驗。莫里森出生於三十年代的俄亥俄州，正是《寵兒》的發生地，她的父親是一名造船廠工人，父親的一生遭遇過不少美國南方嚴重的種族歧視，更在兒時目睹白人對非裔的私刑。白人對非裔的剝削、欺負刻於莫里森兒時的意識，而另一方面，莫里森的祖母跟她說了許許多多非裔美國人的傳統民間故事，以至長大後，她決定以故事講述非裔族群的處境。

「我們遠離了能夠聽到這些故事的地方，」莫里森說：「今天的父母們也不會坐下來給他們的孩子們講述這些我們多年前聽到的、經典的、有神話性質的原型故事」，因此，她決定自己書寫屬於非裔族群的故事，同時她認為哪怕有「許多非裔美國作家，尤其是男性作家，我感覺他們早期的作品並不是寫給我看的」。

莫里森知道非裔美國人的平權運動是多面的，而她決定以作者身份參與其中，她說：「我們不再需要作家充當單打

獨鬥的英雄」，因為作家不需要單打獨鬥，她可以小說建築起屬於自己族群的居所，好以團結起群眾，並讓沒有人需要單打獨鬥。

如果在這一刻，你感到自己在爭取理想的路上單打獨鬥，請想起莫里森，及其作品，要知道你不是孤立無援，也不是那位被迫殺死女兒的母親，你只是在等待前來團聚的同伴，一起前往那理想的居所。

孟若 /

這是唯一能做的事

我曾經將一段很難釋懷的事情寫進我的小說裡。當時，爺爺患了癌症獨自留院，而醫院卻因疫情的緣故，不讓家屬隨便探望。於是，在爺爺很長一段的住院時間裡，我沒有多少探望他的機會，直至有一天，護士告訴我：「家人可以不設時限的探望他」，這時，我聽懂了護士的意思，也第一次思考：面對垂死的人，我們還可以做什麼呢？在此，我想分享加拿大作家孟若（Alice Munro，1931-）的一個短篇故事。

孟若是當代著名短篇小說作家，更是諾貝爾文學獎得主，從三十七歲發表第一部短篇小說集後，創作不斷。瑞典文學院常任秘書彼得・恩隆稱讚孟若說：「人們將她比為契訶夫，其實孟若獨樹一格。她將短篇小說引領至完美

的藝術境界」，並贊同她是北美最偉大的作家。而孟若的
獨樹一格在於她的「精細」。

所謂孟若的精細，不單在於她選擇以短篇為文體，而是
她以短篇小說的優勢，淋漓盡致地表現出，如何以短篇
幅的文字，寫進人物的內心深處。在閱讀孟若的短篇小
說後，你不會再懷疑短篇小說不過是擴展不成長篇的產
物，相反，你會明白短篇的精細美，至少是孟若短篇的精
細美。

孟若在 1931 年於加拿大安大略省的一個小鎮出生，成長
期歷經法國六八學運、北美女性主義思潮，以及一系列反
戰運動。然而，有別於其他有類似成長經驗的作家，孟若
的故事不強調歷史感，卻放眼於人性，探討人性普遍的價
值與哀愁。因此，當有記者問到，為何她的主角都是小鎮
人物時，孟若回答說：「難道您不覺得小人物就是我們整
個社會的樣貌嗎？」而我想介紹的短篇〈年少友人〉，主
角也是小鎮人物，故事也在探討一系列普遍的人性問題。

〈年少友人〉的故事是這樣的：話說，「作者」從母親的口
中，聽到一個關於「老小姐」與她妹妹的故事。老小姐是
勤勞樸實的信徒，獨力照顧妹妹。後來，老小姐（還不老
時）認識了一名男子，他們相戀，準備結婚，但在成婚之
前，妹妹卻懷孕了。

牛奶箱

孟若於行文中沒有半點製造疑團的安排，簡單直接，說妹妹「艾莉又吐、又哭」，「或許是因為羅伯（那男人）終於說了實話」，「婚禮，儘管不是原來計劃中的那個，卻是非辦不可」。後來，妹妹多次懷孕，又多次流產，身子弄得很差，臥病在床，人變得牢騷，辱罵醫生又數落老小姐，但老小姐還是好好照顧這位垂死的妹妹。面對失控的妹妹，她總是說：「那我的小姑娘呢？我的艾莉呢？你講的那個不是艾莉，是不知哪兒的牢騷鬼，把艾莉趕走了！」

〈年少友人〉的支線甚多，可以談論的話題不少，包括背叛、性慾、信仰，但在我看來最深刻的，還是關於人如何面對垂死的親人：「念書給一個垂死的女人聽，這算什麼？」常言道「死者為大」，但當一個人臨死前，還是沒有為自己的罪惡而悔過，也沒有真正尊重自己的生命，為什麼我們還要無條件的順從他、照顧他的感受呢？

這視乎你與他是否曾經有愛了，至少，這是這故事的答案。無論是老小姐照顧垂死的妹妹，還是「我」回憶垂死的母親，當中從堅持到愧疚之間所牽扯的情感，無不跟記憶中的愛有關。在死別之時，我們或多或少都依賴回憶，畢竟沒有人會想以臨終時的病容作為靈堂的遺照，我們，都想見到記憶中的那一個美好的他。

說到底，「念書給一個垂死的女人聽，這算什麼？」孟若的「答案就是『這是唯一能做的事』」。面對垂死的人，可以做什麼？可以做什麼，就做什麼。這將會是未來的回憶，也是當下最應該做的。在此，祝福每一位有同樣經驗的你，畢竟這會是我們每個人，或早或遲都要面對的生命殘酷。

多麗絲・萊辛 /

何必去在乎別人以與眾不同的眼光來看你

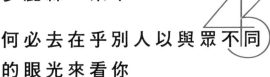

我有一位朋友，他是典型的中產中年異性戀男子，有著穩定的事業與一家四口的家庭生活。有一次，在一個俗套的「幾名男子在酒吧喝酒聊天」場合，他啜了一口啤酒說：「我真羨慕那些浪子，一個人無拘無束，沒有壓力，沒有責任，生活得多麼容易啊！」

「你也可以啊！」我答道。「我怎樣可以呢！」他說。之後的對答，都是冗言，反正就是他重複著「太晚了」、「怎可能」的原點，而我的立場是「那只是當下的你權衡了利害後的又一次選擇」。到了尾聲，他說：「別說了，如果我真的成為了浪子，大家會怎樣說我呢？」

我想，我真的不應該對我的朋友太苛刻。「閒言閒語」是

世界傷害我們的其中一件武器，我們都害怕別人的目光，而我只想告訴我的朋友：不要去羨慕浪子，或那些過著與別不同生活的人，他們可以如此，往往因為他們願意承受我們不願認承受的目光。

同時，如果你選擇了一條與別不同的生活軌跡，卻又因承受著殘酷世界對你的指指點點而不忿的話，或許可以念一念多麗絲·萊辛（Doris Lessing，1919-2013）的名言：「當你自己選擇了與眾不同的生活方式之後，又何必去在乎別人以與眾不同的眼光來看你」。關於「不理會別人目光」的這門課，多麗絲·萊辛及其作品，絕對是必要的參考。

萊辛是歷史以來獲獎時最年長的女性諾貝爾文學獎得主，得獎時已達八十八歲高齡。雖說萊辛是一位英國作家，而她的父母也是英國白人，但在一戰後，萊辛便與家人到了非洲生活，而她之後的人生到了不同的國家與城市，這些經驗，加上她的種種選擇，成就了諾貝爾獎頒獎詞的中肯評價：萊辛是「女性體驗的史詩作者，以其懷疑的態度、激情和遠見，清楚地剖析了一個分裂的文化」。

究竟，萊辛怎樣忠於自己的懷疑與激情，又在生命中做了什麼的選擇呢？或許，我們可以從她最著名的作品《金色筆記》說起。

牛奶箱

《金色筆記》以獨特的結構配以淺白的文字，講述女主角安娜忠於自己的慾望與理想的生命探索，追求自己喜愛的事情與情感生活，並在六十年代初出版時，挑戰了當時仍舊保守的現實社會。主角安娜是一名女作家，也是一名單親母親，於離婚後與另一位已婚男子交往。安娜經歷過不完美的婚姻，卻又希望從這名已婚男士身上得到另一段婚姻。

在書中，何以成為「自由女性」是貫穿的主題，當中不諱言探討女性的月經、性幻想、性高潮，也處理女性作為母親的角色，以及所謂的「母愛」：如果母親對孩子的照顧是一種最堅實的母愛，那麼，母親給孩子的生活想像，又是否另一種母愛的表現呢？尤其安娜這位母親的生活是如此漂泊不定。

在感情上，安娜追求忠於情慾的自由戀愛，在政治上，她擁抱標榜平等的左派思想，並於冷戰初期成為共產黨員。然而，在貌似無拘無束的生活背後，卻混雜了安娜各種的掙扎。安娜曾為了那一段不被世人認同的關係而崩潰，也因為驚覺蘇聯史太林的的虛情假意而憤然退黨。

事實上，《金色筆記》是一部自傳式小說。主角安娜的遭遇與作者多麗絲・萊辛的經歷大同小異。萊辛同樣離過婚，而且離婚兩次，她也曾經跟一名有婦之夫長期交往，

而且她也曾經加入共產黨，然後退黨。

萊辛以這樣直率不羈的態度，引領自己的生活直到九十四歲高齡過世，她不怕做「錯誤」的決定，因為每一個決定都可以是錯誤的，分別只是你以一個月、一年，還是一輩子來衡量。更重要的是，萊辛放膽忠於自己的選擇，同時無懼別人的目光，決意過著「與眾不同的生活方式」，懶理「別人以與眾不同的眼光來看你」。

話說回來，當我的朋友在酒吧感歎說：「如果我真的成為了浪子，大家會怎樣說我呢？」我答道：「那麼，就輪到我們羨慕你，以及你那與浪子格格不入的小肚子了。」

卡夫卡 /
我們就像雪中的樹幹

心理學有所謂「光環效應」（Halo Effect）的理論，即是當我們遇到一位外表討好的人，我們會傾向相信他有其他正面的特質，例如聰明、上進、善良。簡言之，以我們一般人的非心理學的說法，就是「以貌取人」。我不討厭這種將生活常識包裝得「十分學術」的做法，因為人們真的以貌取人，也以貌取概念，帶點學術的包裝，或許真的能夠令人再認真一點思考這事。

我們不僅以貌取人，還會以印象、以評價、以記憶取人，同時，被人取之。當我們留下了「第一印象」，它就成為了我們的名片，而且往往是花多少力氣都改變不了的。這刻板印象的重點，不在正負，而在於牢不可破，畢竟你覺得正面的印象，可以是我認為負面的，而當印象不

190

能改，在極端（卻又時有發生）的情況下，以貌取人可以帶來偏見，造成歧視，成為其中一種日常的殘酷。

在文學史上，要說到數一數二的留下了錯誤印象，而令千千萬萬讀者誤解的作家，我認為非卡夫卡（Franz Kafka，1883-1924）莫屬。

卡夫卡留給世人一個相當一致的形象：一名虛弱而內斂的愛情失敗者。這印象固然並非空穴來風，但當我們仔細探討卡夫卡的過去，又會發現一位不太熟悉的卡夫卡。

1924年，卡夫卡肺結核病惡化，最終因為咽喉結核，無法進食而餓死，享年四十歲。肺病與早逝，令到卡夫卡皮黃骨瘦、弱不禁風的形象，深入民心，像極了他臨終前寫成的〈飢餓藝術家〉的主角，「臉色異常蒼白、全身瘦骨嶙峋」。然而，難道卡夫卡一生人都沒有曾經健康強壯嗎？

卡夫卡乃是運動愛好者，他在布拉格的日常運動就是連續幾小時的徒步訓練，而在大學時期，他還接觸上騎馬、網球等當時的潮流運動。再者，卡夫卡曾經堅持每天進行健身訓練，為期超過十年。這樣的卡夫卡，你認識嗎？

我們不單誤解卡夫卡的體魄，還誤會了他的性格。因為他

的作品都有向內心掘井的傾向，不少人包括我都直覺地覺得，卡夫卡就是一名躲在房間裡寫作的書呆子，不擅長交際，也對外界不太關心。事實上，卡夫卡卻是一名喜歡四處遊歷的旅行者，英年早逝的人生到過超過六十個大城小鎮，包括巴黎、米蘭、柏林、維也納、布達佩斯、蘇黎世、萊比錫等地。雖然這些旅程也包含療養的原因，但更多時候，卡夫卡流連的地方是演奏會、舞會、賽馬會、博物館，甚至賭場。

最後一個對卡夫卡的誤解是：他是一名愛情失敗者。的確，卡夫卡曾經訂婚三次，又解除婚約三次，同時，他長時間受苦於縱慾與性障礙的矛盾折磨之中，但在愛情路上，他至少有一次得到對方欣賞的甜蜜經驗，而這位女子的名字是密倫娜。

密倫娜是一名捷克記者與作家，與卡夫卡可算是兩情相悅。在卡夫卡留下的一千多封信件中，我們發現不少密倫娜的蹤影，他們彼此寫信，互通分享各自的生活，也交換對文學的想法，尤其對於杜斯妥也夫斯基的小說。敏感的密倫娜，能夠隔空看穿卡夫卡的心事，而卡夫卡寄情於信中，感受著既甜蜜又難受的愛情。

「寫信意味著在幽靈們面前裸露自己的身體，」卡夫卡寫道：「這正是幽靈們企盼著的。寫在信裡的吻到達不了它

們的目的地，它們在中途就會被幽靈們吮吸乾淨。」事實上，卡夫卡與密倫娜的通信，不單有幽靈作祟，更真的是文字上的幽會，畢竟密倫娜早已是有夫之婦。

所以，卡夫卡始終是愛情的失敗者嗎？嗯，我們就不在此糾結，好嗎？我說了這麼多有關卡夫卡的往事，不過為了說明一個想法：我們不應該輕易以印象概括別人，更不要太在意別人對自己的誤解，尤其當這些偏見削弱了我們的自信。

誤解，不會取消我們的成就，也不應該干擾我們對自己的認識，正如卡夫卡所寫：「我們就像雪中的樹幹。表面上看起來，它們平平地立在雪面上，彷彿輕輕一推就能移動它們。不，我們移動不了，因為它們與大地牢牢相連。」

殘酷的世界，想以誤解與偏見搬走我們？我們偏偏以自重，牢牢的守在原地。

羅蘭 · 巴特 /

除了沉浸於悲慟之中，我別無所求

我們可以如何快樂呢？

幸運的人，可能思考過這問題，要麼找到答案，要麼找不到；不幸的人，卻連想也沒有想過這問題，他們或許滯著於忙碌的生活，甚至一直沉沒於不安與悲慟。曾經於古希臘與古羅馬流行的斯多葛學派（Stoicism），因此認為：人們要得到快樂，先要學會如何面對焦慮與痛苦。

今時今日，羅蘭 · 巴特（Roland Barthes，1915-1980）是文藝界無人不識的名字。這位二十世紀其中一位最重要的法國文學理論家，及其作品，陪伴了一代又一代的作家、學者成長，而作為一位如此鼎鼎大名的人物，巴特對文字的敏感與探索，卻不是靠一趟平平穩穩、一帆風順

的人生而成就的。相反，在巴特一生的波折中，文字的角色，從來是他面對悲慟的方法，而他也在悲慟中，與文字建立起密不可分的關係。

在巴特未滿一歲時，身為海軍軍官的父親便在一場海戰中殉職。從此，巴特與母親相依為命。在 1939 年，巴特於巴黎大學獲得古典希臘文學學位。同年，第二次世界大戰爆發，而當時的巴特卻患上了肺結核，他沒有被徵召入伍，也沒有繼續到研究院進修，而是被迫進了療養院。

在與世隔絕的情況下，巴特在療養院讀了大量書籍，尤其是文學作品，奠定了他日後寫下幾部重要文學評論著作的基礎，也讓他形成了總是與世界有所距離的存在感：當外面槍林彈雨，他在讀巴爾扎克（Honoré de Balzac，1799-1850）的《薩拉辛》。在此，羅蘭・巴特養成了與文字為伴，以駕馭殘酷事件的習慣。

巴特的事業沒有十分順利，他曾經在多所大學教授法語，後來又到了羅馬尼亞與埃及等地從事短期研究工作。換言之，以今天的說法，他就是一名學術界零散工。然而，以上提到的兒時喪父、病倒入院、做學術界人球，都不是巴特所經歷最難過、最不能釋懷的事。

在 1977 年，當羅蘭・巴特已經是國際知名教授、作家、

大文人之時，獨力撫養他成人的母親過世了。巴特說：
「我天生的價值（倫理的與美學的）是來自媽媽。她喜歡
的（或她不喜歡的）也塑造了我的價值」。母親是巴特的
唯一，而母親的離世，對巴特打擊巨大，令他無時無刻不
想念著母親，並帶著無法與人分擔的傷痛。

「媽媽過世之後，我的生命無法再有回憶」羅蘭‧巴特於
日記寫道：「昏濁無光，沒有『我記得……』那種令人心
顫的光暈」。在母親死後，巴特失去了對未來的盼望，
他只能活在痛苦的當下，「除了沉浸於悲慟之中，別無
所求」。

如果我們最要好的朋友，面對如此沉重的打擊，我們會怎
樣安慰他？我們會陪伴這位朋友，也會不忘鼓勵他帶著美
好的回憶，繼續未來的路。這樣的應對，大概沒有多少錯
誤，只是不會是巴特面對悲慟的方法。

「悲慟是自私的。」巴特寫道。巴特受到悲慟的折磨，但
他不願加快步伐逃離當下的痛苦，他不願意以對未來的
想像蓋住當下的感受。在日記裡，巴特寫道：「親人一過
世，其他人就汲汲於重新規劃未來（換家具等等）：未來
躁動症」。

母親，是羅蘭‧巴特的世界，當他的世界崩塌，他不願為

未來躁動，而選擇埋頭於過去。巴特在母親過世後三年（即巴特在意外離世前）所出版的最後一本作品《明室》，對於讀者而言，就是一本巴特式的攝影評論集，但對於巴特來說，它是一本懷念母親的作品：「我獨自在母親過世前住的公寓裡，在燈下，一張一張地看她的相片，和她一步步回溯時光，尋找我心愛的面容真相。我終於找到了！」。

在《明室》，巴特以思考照片與現實、現實與過去、過去的集體「知面」（Studium）與個人「刺點」（Punctum）來回憶他的母親。比起傷痛，甚至比起忘記，巴特更害怕失去感受，他提醒我們：「人不會遺忘。但一種遲鈍無感漸漸襲入」。我們怕痛，但痛，證明我們活著，證明我們有愛。

柯南・道爾 /
不能阻擋我回到自己的家鄉去

我們都知道偵探小說的鼻祖是創作了《莫爾格街兇殺案》的愛倫・坡（Edgar Allan Poe，1809-1849），但我們不能否認的是創作出「名偵探福爾摩斯系列」的英國作家柯南・道爾（Arthur Conan Doyle，1859-1930），才是真正將偵探小說這個文學類型推至黃金時期的人。而無論是愛倫・坡筆下的杜邦，還是邏輯機器福爾摩斯，他們調查的是案件，而探討的往往是：公義。

在亂世中，我們可以如何尋找公義，或在混沌中作出正確的道德決定呢？難道我們像福爾摩斯一般以高度理性作度量衡，就可以安身立命而不負良心嗎？我想，福爾摩斯之父，即柯南・道爾本人的經歷，可以給我們一堂有關行義的課。

我們一般人認識的柯南・道爾，是一位出生於十九世紀中期的英國作家，既因為《福爾摩斯探案》名垂千古，又因《在南非的戰爭》一書維護了大英帝國的聲譽而獲頒爵士封號，然而，大家未必知道的是，柯南・道爾的「正職」是一名醫生，不但曾經到維也納習醫，更一度成為遠赴西非的隨船醫生。

「生活是很枯燥的，」柯南・道爾寫道：「我的一生就是力求不要在平庸中虛度光陰」，而立志成為醫生，就是柯南・道爾擺脫平庸人生的第一步，他抗拒長年受天主教教育所作出的決定，他厭惡盲目服從的信仰，擁抱可以自主理性的科學。

在習醫的路途上，柯南・道爾遇到了老師約瑟夫・貝爾（Joseph Bell，1837-1911）。貝爾是愛丁堡皇家外科醫學院院士，他不單是愛丁堡大學醫學院講師，更因為觀察入微、天性敏感，而多次獲邀參與支援警方的調查，包括1888 年著名的「開膛手傑克」連環殺人事件。貝爾給柯南・道爾留下了深刻的印象，並成為了後來筆下人物福爾摩斯的原型。

後來，柯南・道爾才發現，成醫之路或許讓他擺脫了平庸，卻沒有改善生活的枯燥。於是，在他於自己診所行醫長達十年之後，柯南・道爾開始創作小說，起手寫第一篇

牛奶箱

《福爾摩斯探案》。然而，柯南・道爾卻不只是文字裡的偵探。

或許是受到老師約瑟夫・貝爾的啟蒙，又或者是長年書寫福爾摩斯而來的正義感，晚年的柯南・道爾倒真的成為了在現實世界裡推翻冤案的一個人物。

根據傳記《神探柯南・道爾》所說，柯南・道爾曾經幫助一個謀殺犯平反。這名犯人的名字是史雷特。史雷特是一名德裔猶太移民，他失業、嗜賭，屬於社會的底層，卻不至於是一名大罪犯。在 1908 年，史雷特卻莫名其妙的給蘇格蘭格拉斯哥警方控告他謀殺一名富裕婦人。案件疑點眾多，警方卻成功定了史雷特謀殺罪，判處終身苦役。

十多年後的一月天，一名釋囚從蘇格蘭彼得黑德監獄離開，並以假牙的破洞偷運了史雷特的求救信件出獄。信件輾轉到了柯南・道爾手上，而他請了代筆寫了一封回信：「如果他們批准你寫信，我們希望能收到你的消息。在此同時，不要喪氣，要期待最好的結果。別擔心，我們都會全力幫你」。

柯南・道爾言行合一，透過大量閱讀法庭紀錄、研究相關新聞報導、比較證人證詞，最終揭發檢控人與警方均捏造證據，並曾經要挾目擊證人作假證。經過連場官司，史雷

特終於在 1927 年獲釋。

當然，這不會是此次事件的結局，否則，我就沒有要說這故事的理由了。話說，在史雷特獲釋時，有關當局沒有表示歉意，也沒有要作出正式賠償，但蘇格蘭事務大臣辦公室，最終還是決定發放六千英鎊的賠償金。

六千英鎊，是一個不多不少的金額。如果我們要作比較的話，那就是柯南·道爾為了這案件而聘請律師、助理，以及其他雜項的開支，大概是六千五百英鎊。換句話說，哪怕史雷特將賠償金全數給予柯南·道爾，他還是欠柯南·道爾五百英鎊。

事實上，史雷特連一分錢也沒有分給柯南·道爾，他獲得了自由，便回復從前遊手好閒的生活。所以，柯南·道爾是錯幫了史雷特嗎？「地獄裡的魔鬼也好，世上的惡人也罷，都不能阻擋我回到自己的家鄉去。」柯南·道爾如此寫道，而他的家鄉，或許包括：公義。

我想，哪怕柯南·道爾明知道史雷特不講道義，他也不會選擇不合道義的拒絕幫助身陷冤獄的史雷特，這就像康德的「義務道德論」：「一個行為是否合乎道德規範，並不取決於行為的後果，而是採取該行為的動機」。不計後果，做該做的事，行義，不過如此。

普魯斯特 /

永遠在你的生活上保留一片天空

世界上最殘酷的感覺，就是絕望，即希望的幻滅。

絕望比死亡更可怕，因為死亡不一定帶來絕望，但絕望會令人死亡。作為猶太人大屠殺倖存者，奧地利精神學家維克多·弗蘭克（Viktor Emil Frankl, 1905-1997）說，他在集中營中見到患上輕微感冒的人都會隨隨便便的死去，死因不是感冒，而是因為他們找不到生存的意義，因為他們絕望。

我想像不了比絕望更絕望的感覺，甚至連想像都不太願意，我寧願思考：我們可以怎樣遠離絕望呢？於是，我想起普魯斯特（Marcel Proust, 1871-1922）的一句話：「黑暗、寧靜與孤獨，如披風壓著我的肩頭，迫使我用筆去創

造光明」，而我認為，普魯斯特或許是其中一位最會自欺欺人的作家。

一般人知道普魯斯特的作品，只有一部，即一書七卷的《追憶逝水年華》。自三十八歲起，普魯斯特著手寫這部一共有一百二十萬字的長篇巨著，寫到他死時的五十一歲。換言之，《追憶逝水年華》佔據了普魯斯特人生最後的一段光陰，而他亦在寫完原稿後的兩個月逝世，彷彿他的人生就是為了寫這一本書而活。

然而，若我們細讀普魯斯特的往事，或會發現，普魯斯特的人生不完全是為了「用筆去創造光明」，他反而是用了大半生的生命去尋求母親的溺愛。普魯斯特的父親是一名醫學教授，而母親則是典型的來自保守家庭的賢妻良母。母親對於自小體弱多病的普魯斯特管教嚴謹，不但掌控他種種起居飲食、日常瑣事，甚至會干預他結交什麼朋友，而到了十八歲，普魯斯特還受制於母親的禁止令。

對此，普魯斯特又愛又恨。一方面，普魯斯特顯然有著對母親的情感依賴，即使到了成年，他戀母的意識還是像兒時沒有母親的睡前吻便會失眠一樣的強烈。但另一方面，普魯斯特又有著對母親的抗拒。在他死後出版的自傳式小說《讓·桑德伊》中，我們找到「他」對父母的控訴：

「他真想做些事去傷害父母，或者他更希望不去接受每當母親走進來夾帶的咒罵聲，他想告訴她，他要放棄所有工作，他將會每天晚上都到別的地方去睡⋯⋯這一切只因他覺得需要反擊，並且把那些母親曾對他做過的壞事，用刀劈劍砍的言詞反擊回去。」

你或者會說：這終究是小說，豈可完全信以為真。是的，但根據傳記作家的紀錄，普魯斯特曾經寫信給母親，寫道：「我沒有任何喜樂的要求，我很早以前就已經放棄它了」，而在另一封給母親的信中，他說：「事實上，只要我一感到舒適，妳就會毀掉一切，直到我再度覺得不適，因為這種讓我病況好轉的人生會刺激到妳」。哪怕只是這兩三行的文字，我們也感受到普魯斯特當刻對人生、對母親的絕望感受。

為什麼一位才華橫溢的作家，竟然沒辦法走出絕望呢？

這是因為作家不一定必須有可以走出絕望的能耐，作者可以在絕望中思考，可以在絕望中書寫，寫下有關如何在人生中保持生命力的覺悟，就像普魯斯特的教導，我們要「永遠在你的生活上保留一片天空」，只是普魯斯特能醫不自醫，而他的天空只有母親。

我必須要說的是，不是所有傳記作家都抨擊普魯斯特的母

親，當中也有人讚美她有總是以家庭為重的傳統美德，但我認為，我從普魯斯特得到啟發的問題，不在於他的母親是好媽媽，還是壞媽媽，而是我們應該怎樣構築人生的希望對象。

普魯斯特對母親投入了絕對的寄望，並在得不到母親相對的回應後，感受到無比的絕望。於是，我學到了普魯斯特的人生課：我們之所以會感覺到殘酷世界的絕望，來自於我們將「愛」，全然投入會令我們失望的單一對象。「永遠在你的生活上保留一片天空」，而一片天空之上，不應只有太陽，還應該有鳥兒、白雲，甚至彩虹與天使。

赫曼 · 赫塞 /

我能夠等待

48

每個人心中都有個烏托邦。有些人的烏托邦建立在異國，有些人盼望的是未來，有些人則將烏托邦建築於自己的過去，殊途同歸，都是源於對「現在」的不滿。為了拯救當下的苦難，唐僧從東到西，前往西方極樂世界取經，最終尋見了他滿意的答案之書。為了找到解救自身危機的方法，德國小說家赫曼·赫塞（Hermann Hesse，1877-1962），從西到東，前往想像中的東方「失去的樂園」，但他，又尋見了什麼呢？

赫曼·赫塞是傳奇級別的大作家，其文學成就不僅得到諾貝爾文學獎肯定，更是達到一代又一代文人追捧熱議且從不過時的境界。在孩提時期，赫塞受到外祖父的熏陶，對東方文化、文學、哲學大有興趣，同時，廣泛閱讀有關德

國古典文化，以及基督教會精神的書籍，培養了他對信仰的思考。

1911 年，赫塞跟隨藝術家漢斯・史都傑納吉（Hans Sturzenegger，1875-1943）前往他心裡的東方樂土印度。這個本是對「失去的伊甸園」的神秘探索，但哪怕旅程讓赫塞遇上了錫蘭庇杜魯塔拉加拉山的神顯奇蹟，最終還是成為了赫塞的幻想破滅之旅。東方之旅，令他明白，樂土不在異地，但在哪裡呢？

十年之後，赫塞才成功消化了這次東方的經驗，寫成了奇書《流浪者之歌》。在書中，赫塞保持了他一貫以對話探究哲學的風格，讓主角遇上各種奇人，並成就主角的奇遇。每一次重讀《流浪者之歌》，我都會有新的領悟，怪不得此書經常出現在文人墨客的推薦書目。最近，當我重讀此書，讀到一節，又有了新的感覺，以及新的思考。在此分享這一小節：

話說，故事講述主角悉達多流浪遠行，有一天來到城裡，愛上了名妓卡瑪拉，並且展開追求。當時，卡瑪拉不乏追求者，其中一位是商人，商人問悉達多：「如果你沒有財產，那你能給予她什麼呢？」然後，悉達多與商人開始了一段滿有意思的對話：

「每個人都能給予他所擁有的。」悉達多答道。「士兵給予的是力量，商人給予的是商品，教師給予的是知識，農夫給予的是糧食，漁民給予的是魚。」

「那你能給予她什麼呢？」

「我能夠思考，能夠等待，能夠禁食。」

「就這些？」

「我想，就這些。」

「這些東西有什麼用處呢？」

「先生，它的用處很大。」悉達多說。「如果一個人沒有東西可吃，那麼禁食就是他所能做的最明智的事實。比方說，如果我沒有學會禁食，那麼我今天就必須找份工作，要麼在你那裡工作，要麼在別人那裡工作，因為飢餓會迫使我這樣做。但事實上，我可以平靜地等待，我沒有焦慮，也沒有病倒。我可以長時間地抵擋住飢餓的侵襲，並嘲笑它。」

這是一段經常給引用的對話，好教我們明白「能夠思考，能夠等待，能夠禁食」的重要：能夠思考，是要運用理性與計劃；能夠等待，是有按計劃行事、看準時機的情緒智商；能夠禁食，是面對突如其來的困難時，所擁有的自我抗逆力。

赫塞曾經說道：「故事所敘述的皆是有關我自己，它們反映出我所選擇的途徑，我的秘密之夢與願望，我個人悲哀

208

的苦痛。」我相信，悉達多的答案，正是赫塞面對殘酷世界的方法，也是他從東方之旅學會的得著。

最後，我又想：這些能力，固然是生活學的重點，但用於追求心儀對象之上，真是可行的嗎？能夠思考，是戀人關係的大忌；能夠等待，那麼你就繼續等等吧；能夠禁食，更是不明所以，難道要一起捱餓嗎？無論如何，悉達多最終還是成功了，而他對自我的判斷，還是留有一手，乃是「我能夠說話動聽」。

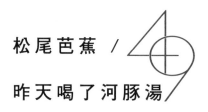

松尾芭蕉 / 49
昨天喝了河豚湯

尋求安靜、安穩，早已成為都市人的重要課題。有人以冥想尋求安靜，有人以運動尋求專注，對於普通讀者如我們，則可以在閱讀中尋求安靜。對我來說，有一類文學，特別有讓我安靜下來的力量，那就是俳句，尤其是出於十七世紀江戶時代的俳諧師松尾芭蕉（Basho Matsuo，1644-1694）。

松尾芭蕉被譽為日本「俳聖」，出生於伊賀國，在江戶寫作。成名後，松尾芭蕉出版了不少文學刊物，並當上了老師，擁有了一批追隨他的弟子。弟子們有的給松尾芭蕉建屋，有的跟隨老師四處遊歷走遍日本各地。據說，松尾芭蕉崇拜唐代詩人李白，因此亦曾經署名「桃青」，以桃青與李白對偶，好比未成熟的青桃，對應豐碩的白李。

有趣的是，松尾芭蕉的俳句，沒有絲毫像李白詩句一般的激情，倒是忠於他的佛家禪宗信仰，總是安安靜靜的，像落花掉落流水的一刻。例如，他寫道：

閒寂古池
青蛙躍入
水聲響

按照俳句十七個日文音與三行行文的嚴格要求，松尾芭蕉寫出了一幅又一幅安於自然的畫面。他又寫道：

秋日黃昏
此路
無行人

看似簡簡單單的三行字，卻寫出了實實在在的氣氛。有一次，我在寫作堂跟學生分享松尾芭蕉的俳句，而聰明的讀者如你必定想到他們的反應：「真無聊呢！」、「小學生也寫得出」、「這也算文學嗎？」、「這有什麼值得欣賞的？」。我必須承認，我這班學生所值得我欣賞的是他們的誠實，但這種認知的落差來自什麼原因呢？「這是因為他們不太認識松尾芭蕉，所以對他本人缺乏興趣嗎？」我想。

於是，我便跟他們講了一些關於松尾芭蕉的野史。有說，松尾芭蕉之所以一生未娶，是因為他不好女色；有說，松尾芭蕉手持十八念珠，打扮成僧侶狀，走遍日本東南西北，是因為他的秘密身份是德川幕府的間諜，他四處遊歷是為了收集情報；又有說，在伊賀國出生的松尾芭蕉，其實是一名伊賀忍者，所以他健步如飛日行千里。聽到這些傳說，學生們都興致勃勃，唯獨當我說回俳句，大家又頓時沉默下來。

為了替松尾芭蕉扳回一城，我決定要讓學生們親身體驗寫俳句。我懷疑，學生們誤以為那看似簡簡單單的句子，真的是簡簡單單寫來的，而他們不知道越簡單，越見工夫。我鼓勵他們以「五－七－五」三行十七個字的漢俳規格（暫且不論平仄），試一試描述當時課室的情景。

四十分鐘過去，沒有多少學生寫成讓他們自己滿意的十七個字，但，他們表示，他們在書寫期間，忽然讀懂了松尾芭蕉的俳句之美。

這是因為他們終於體會到寫俳句之難嗎？不是，而是當人們願意靜下來，才能見到安靜的美好。學生們不是在體驗困難之中看見美，相反，他們因為專注於當下的體驗而得到了平靜。在平靜之中，他們終於與俳句的美，共鳴。

這是一堂文學課，也是松尾芭蕉教曉我們如何面對煩擾世界的生活課。晚年的松尾芭蕉擺脫物慾，清心寡慾，曾經長達一個多月沒有接見任何人，獨個兒過著離群隱居的生活，享受每一個當下，寫每一首俳句。如果你能夠明白這一堂安靜地活在當下的課，那麼，你一定會讀懂以下這一首我最愛的松尾芭蕉俳句：

哎呀，幸好沒事！
昨天喝了
河豚湯

瑪格麗特・愛特伍 /

可是，你想聽哪方面的忠告？

這是一篇有關加拿大作家瑪格麗特・愛特伍（Margaret Atwood，1939-）的短文，也是本書的後記。

瑪格麗特・愛特伍是當代最著名的英語作家之一。自六歲起寫下第一首詩後，她彷彿便沒有離棄過寫作，她曾說：「寫作是我唯一想做的事」，而作為她的忠實讀者，我肯定（其實，也用不著我去肯定）愛特伍這件「唯一想做的事」做得圓滿、做得出色，她的作品多產且多樣，既寫小說，亦寫詩、散文、文學評論，總計作品超過五十部，並在持續增長中。其中，《可以吃的女人》、《盲眼刺客》，以及改編為大熱電視劇的原著小說《使女的故事》都是耳熟能詳的作品。

愛特伍的作品，有待讀者發掘。在此，我暫止不多說她的作品，因為我真正想說的，是她的一次訪問。

話說，愛特伍曾經接受一名富有經驗且細心的記者訪問。在訪問前，記者已經做好事前準備工夫，知道愛特伍討厭於訪問中被問及兩件事：首先，她不喜歡交出「最愛」清單；其次，她不喜歡給人忠告。前者，記者想到可以迴避的辦法；後者，卻是記者今次專訪的主題。

於是，記者以最正確的方法處理這個難題，那就是：直接了當的告訴愛特伍。愛特伍得悉來意後，說：「好吧，可是你想聽哪方面的忠告？忠告要根據特定情況而定，譬如，你可能想知道怎樣打開罐頭？」這當然不是玩笑，但不容兒戲的記者，也只好硬著頭皮問道：可以給大眾的人生忠告嗎？

「有啊，但是誰要聽的？目的是什麼？忠告通常都依人與情況而定。假如你有憂鬱症呢？答案會依你的人生狀況及覺得有用的資訊而不同。」瑪格麗特·愛特伍說道：「聽著，我是小說家，在我的世界裡，一切都跟角色有關。他們是誰？人在哪裡？是老人還是年輕人？窮人還是富人？他們想要什麼？除非我知道讓他們掙扎的問題，不然怎麼給忠告？」

瑪格麗特・愛特伍面對記者提問的回應是嚴謹的，而對於我而言，這也給了我寫這本書最好的忠告。這是一本充滿忠告的書，卻不是一本給人忠告的書。我意思是，這本書寫下了不少作家面對殘酷世界的回應、創作，以及他們的忠告，但這些忠告是否要付諸實行，卻完全依賴讀者的選擇，各人可因應具體的需要，去對抗不同的殘酷。

複雜的人生經歷，化成隻字片語的所謂金句後，都顯得異常便宜。然而，在金句背後的點點滴滴，才是金句之所以為金之所在。沒有一句忠告，放諸四海皆準，沒有任何一個人，可以是完人。同時，這也不會是一本完美的書，只想為這不完美的世界，提供多一點可能，多一個答案。

人生的掙扎這麼多，真的沒有一句忠告可以通用嗎？

「好，那我有一句話可以送你，」友善的瑪格麗特・愛特伍還是回答記者說：「你聽聽看：『通常會扎傷你的仙人掌都是小的，不是大的』」。這是人生的譬喻嗎？「不是，我是說真的。剛才我在花園除草，那些小惡魔真是讓人痛得要命。」愛特伍如是說。

無論世界有多殘酷，在苦中作樂，在一笑之間，尋找答案，也是一種方法，至少是其中一種方法。在訪問的尾聲，愛特伍笑說：「你要寫的書，不會充滿了那種在廁

所裡讀到的智慧小語吧？例如『臉上掛滿笑容，就會更快樂』？」。

我不知道那位記者的回覆，但在此，我只能笑說：若然我這本小書能夠在讀者你最獨處、最私密，也可能是最脆弱的時候，帶給你一點溫暖，或啟發，於願足矣。

責任編輯
　　侯彩琳
書籍設計
　　姚國豪

書名
　　昨天喝了河豚湯：50 位作家，50 種面對殘酷世界的回應
作者
　　米哈

出版
　　P. PLUS LIMITED
　　香港北角英皇道 499 號北角工業大廈 20 樓
　　20/F., North Point Industrial Building,
　　499 King's Road, North Point, Hong Kong
香港發行
　　香港聯合書刊物流有限公司
　　香港新界荃灣德士古道 220-248 號 16 樓
印刷
　　美雅印刷製本有限公司
　　香港九龍觀塘榮業街 6 號 4 樓 A 室
版次
　　2021 年 4 月香港第一版第一次印刷
　　2021 年 10 月香港第一版第二次印刷
規格
　　大 32 開（128mm x 200mm）224 面
國際書號
　　ISBN 978-962-04-4794-5
　　—